ベリーズ文庫

契約結婚ですが、極上パイロットの溺愛が始まりました

未華空央

STARTS
スターツ出版株式会社

目次

契約結婚ですが、極上パイロットの溺愛が始まりました

契約結婚ですが、極上パイロットの
溺愛が始まりました

1、機内での緊急事態

小さな窓から見えるのは、一面に広がる真っ青な空と、そこに浮かぶ綿《わた》あめのようなもこもこの白い雲。

アイマスクを外して見えた雲の上に乗っているようなその景色を、私――宇佐美佑《うさみゆ》華《か》は仮眠から目覚めたばかりのぼんやりとした目で眺めていた。

「佑華、起きた？　おはよ」

「うん、おはよ」

答えながら、寝ている間に乱れた肩上ボブの髪を手櫛《てぐし》で整える。

「え、亜紗美《あさみ》、寝てなかったの？」

「うーん、寝ようと思ってたんだけど寝そびれた」

そう言った亜紗美の膝の上には、旅先で買った文庫本が置かれていた。

「あーあ、旅行もあっという間に終わりかぁ……」

亜紗美の気の抜けた声に私は再び小窓の外を眺める。

三泊四日で訪れたのは、一年ぶりの沖縄《おきなわ》。

今回は高校時代からの親友、上條《かみじょう》亜紗美とふたりきりの女子旅に出かけていた。

亜紗美とは、年に一度以上は一緒に旅行に出かけている。お互い独り身で、気兼ねなく旅を楽しめるからだ。

「また目まぐるしい日々に忙殺されますな」

ふざけた口調でそう言ってみると、亜紗美は私に合わせて「ですな」と返してくれる。ちらりと顔を合わせ、ふふっと笑い合った。

亜紗美は、私立幼稚園で教諭として働いている。

高校時代から幼い子どもが大好きで、当時から子どもに関わる仕事に就きたいと言っていた。

だから、亜紗美が幼稚園の先生になったのは納得。

職場には嫌な先輩もいるらしく、愚痴をこぼすこともあるけれど、子どもと過ごせる毎日は元気と幸せをもらえると言って生き生きしている。

「亜紗美、明日から仕事だよね？」

「私？ うん、明日から～。佑華は？ 仕事？」

「うん、明日からあるよ。夜勤だから気分的にはゆっくりだけどね」

私は都内にある大学病院の産婦人科で、助産師として勤務している。

働きやすく居心地のいい職場で、助産師になってかれこれ五年、働き続けている。

高校卒業後、看護学校に進学し、その三年後に看護師免許を取得。その後、更に助産専門学校に進学し、助産師国家試験を受け、二十四歳になる年に助産師になった。

看護師になってから助産師の道を考える人も多いと言うが、私は看護学校に入る前からすでに助産師になることを目標としていた。

それには理由がある。

就職するまで住んでいた実家の向かいが助産院で、そこの院長である助産師さんが、いつも穏やかで優しかったのだ。

家の前で会えば太陽のような笑顔で声をかけてくれ、「赤ちゃん生まれた？」と訊《き》く私に「可愛い、天使みたいな赤ちゃんが生まれたわよ」とよく教えてくれた。

出産後退院していくママと赤ちゃんを、包み込むような微笑みで見送る姿は印象的で、彼女が助産師という職業であることを知ったときには、すでに自分の夢が始まっていたような気がする。

当時、家の前ではよく小さな子どもが走り回っていた。

助産院で出産し、成長した我が子を連れて遊びにくるママが多くいたのだ。

それだけ、そこで出産してよかったと感じるママがたくさんいたのだろう。

産前も産後も、ママと子どもに寄り添える助産師になりたい。

そんな風に思う私の原点は今もそこにある。

「そっか、夜勤か」

「でも、明日は満月だから忙しい予感がするな」

「出た。佑華のお月様情報」

「だって、実際高確率で満月の夜勤は忙しいんだよ。いつ満月なのかチェックするようにもなるよ」

満月の夜はお産が多い。

学生の頃は、それは迷信のようなものだと思っていたけれど、実際働き始めて身を以って実感した。本当に満月の夜は出産率が高いのだ。

ただ、これに関しては未だ科学的に証明はされていない。やはり、出産というものは神秘的なものなのだろう。

「あーあ、楽しい旅行が終わるとすぐまた仕事……っていうこの感じが嫌なんだよねー」

「まぁ、沖縄旅行は終わっちゃったけどさ、次の楽しみ決めてまた仕事頑張ろうよ。あ、スイーツ食べに行こうよ、スイーツブッフェ」

「えー、またスイーツ？　佑華ほんと好きだよね。それなのに太らないのが意味わかんないよ」

「そんなことないよ。体重やばくなってきたら米を減らす」

「え、スイーツやめるんじゃなくて米をやめるんかい」

亜紗美とふたり、そんな気心の知れたボケツッコミを繰り広げていた、そんなときだった。

「お客様の中に、医師の方はいらっしゃいませんでしょうか？」

ドラマの中で聞いたことがあるようなセリフを言いながら、客室乗務員が通路を足早に歩いていく。

「え、具合悪い人でもいるのかな？」

亜紗美が耳打ちをしてきて、客室乗務員が去って行った通路のほうを覗き込む。

野次馬根性丸出しな亜紗美の腕を、「ちょっと、亜紗美」と引っ張った。

「急病かね……？」

「佑華、もし誰もいなかったら名乗り出るの？」

「んー……私は助産師だし、看護師で役に立ちそうなことなら名乗り出るかもだけど、ひとりくらい医者乗ってるんじゃないかな」

ひそひそとそんなことを言い合っていたとき――。

「すみません！　どなたか、医師の方いないですか⁉」

私たちが座る座席より十列ほど前の席で、今度は男性がひとり立ち上がり乗客に呼びかけた。

訴えるような緊迫した様子に、思わず背を伸ばし様子を窺《うかが》う。

「妻が、妊娠している妻が！　もしかしたら産まれるかもしれないんです！」

嘘、陣痛……⁉

心の中でそう思ったときには、すでに無意識に座席を立ち上がっていた。

「佑華！」

「ちょっと行く」

「う、うん」

亜紗美がさっと脚を引っ込め、私を通路へと送り出す。

呼びかけていた男性の座席まで足早に近づくと、客室乗務員二名が集まり、男性のとなりの席には臨月と思われる女性がシートを倒して横たわっていた。

苦しそうに体を横に向け、おなかを抱えるようにしている。

突如やってきた私に、その場にいる人すべての視線が集まった。

「助産師です。診せていただいてもよろしいでしょうか？」

助産師だと名乗った私に、客室乗務員がホッとしたような表情を見せる。

そしてすぐに「何を用意しましょう？」と冷静に指示を仰いだ。

「ありがとうございます。とりあえず、医療用の滅菌グローブなどあればありがたいです。それから、できれば端の席とか、人目から離せる場所に移動させてもらえるでしょうか」

こうして話している間にも、妊婦の女性は唸《うな》り声を上げ苦しそうに表情を歪めている。さっき声を上げたパートナーの男性は、苦しむ妻の姿に横でおろおろとしていた。

「東京《とうきょう》の『帝慶《ていけい》医科大学病院』産科に勤めています、助産師の宇佐美と申します。奥様は妊娠何週目ですか？　母子手帳をお持ちでしたら確認させてください」

「は、はい！」

男性は慌てた様子でバッグから母子手帳ケースを取り出し、「お願いします」と私へ手帳を差し出した。

中を確認すると、女性は初産婦で妊娠三十九週。予定日目前で、もういつ産まれても問題のない正期産の時期に入っている。

いつ産気づくかわからないこの時期に飛行機に乗って移動することは、私たちの立場からは決しておすすめしていない。

冠婚葬祭だとか、よほどのことがあっての選択だったと察する。

去っていった客室乗務員が戻り、「お席の準備できました」と声をかけてくれる。

「ご主人、奥様を移動させます。万が一、このままお産の運びになった場合、少しでも安心して出産に臨めるように準備しましょう」

私にそう言われた男性は、「は、はい！」と女性の体を支え「大丈夫か？　少し歩けるか？」と立ち上がらせる。

子宮口の開き具合を診てみないとなんとも言えないけれど、これまでの経験上、まだ時間に余裕はあると予想する。

経産婦であれば一気にお産が進むことが多いけれど、初産はたとえスムーズな安産だったとしてもそれなりの時間を要する。

他の乗客から離れた端の座席に移動すると、客室乗務員たちが周囲に立ち、見えないよう配慮してくれる。

「あの……私、ここで、産むことになるんでしょうか……？」

一旦痛みが引いた女性が、私へ不安そうに声をかけてくる。

ちょうど届いた滅菌グローブを受け取りながら、横になった女性のすぐ脇に腰を下ろした。

「もしそうなったとしても、大丈夫。ママは、赤ちゃんに会えることだけを楽しみにしていて。ママが不安になるとね、赤ちゃんにもわかっちゃうのよ？」

心の中で自分に何度も繰り返す。落ち着け、大丈夫、いつも通りに。

一番不安なのは、お腹に赤ちゃんを抱えているママ。

目の前にいる私が少しでも動揺を見せれば、ママの不安を煽《あお》ることになる。

設備も道具も万全ではない、機内という特殊な環境。

もちろん、数多くのお産に立ち会ってきた私も、こんな場所でお産に携わった経験は今まで一度だってない。

だけれど、陣痛が進めば出産は待ったなしだ。

とにかく一番大切なことは、産まれてくる赤ちゃんを無事に取り上げること。

今この場でそれができるのは、どうやら私しかいない。

「赤ちゃんがどのくらい下がってきているか、診せてもらってもいいですか？」

痛みが落ち着いているうちに、内診をして子宮口の開き具合を診ておきたい。

女性は「お願いします」と小さく頷き、横に向いていた体をゆっくりと仰向けにしてくれた。

用意してもらっていた毛布を女性の体にかけ、少し膝を立ててもらう。

「ゆっくり息を吐いて、力を抜いて……」

手慣れているはずの診察も、こんな場所で行うというだけでわずかに緊張する。

それでも手は覚えているもので、こんな状況でも診察ができる自分にホッと胸を撫《な》でおろした。

「──うん、まだ五センチも開いていないから、今すぐ生まれるということはなさそうですね」

そう伝えると、視界の端に捉えたご主人の顔に一瞬安堵の表情が浮かんだのがわかった。

座席前に腰を落としたまま、後ろの通路で控えている客室乗務員に、あとどれくらいで羽田空港に着くかを確認すると、三十分もしないうちに着陸態勢に入ると答えがあった。

「すぐに病院に向かえるように、空港に救急搬送の要請をお願いします」

このままいけば恐らく機内での出産はないだろうと踏んで、到着後の受け入れ態勢を万全にしてもらう。

不安そうに私を見つめる女性に、真っすぐ正面から目線を合わせる。

少しでも安心できるように、にこりと微笑んだ。

「今痛くなってるのは、まだ弱いけど陣痛の始まりだと思われます。これからもっと間隔が狭《せば》まってきて、痛みも強くなってきたら本陣痛だから、今はなるべくリラックスして着陸を待ちましょう」

「あの……もっと、痛くなるんでしょうか？」

やっとお腹の我が子に会えるという期待の反面、初めての出産は不安だらけ。

陣痛に関しては、怖いと思う妊婦がほとんどだ。

「痛みは人それぞれ感じ方も違うからどのくらい陣痛が痛いかは答えられないけど、でも、痛くて産めなかった人はいないから大丈夫」

そう伝えると、女性はじっと私の顔を見つめる。

そして、小さく頷き「ありがとうございます」と微笑んだ。

「なんか、今の言葉でちょっと気持ちが楽になりました」

「え……？」

「痛くて産めなかった人はいない。っていうの」

どんな言葉が患者を救うかはわからない。

だけど、少しでも自分の言葉が支えになればいいなと常に思っている。

「あ……また、ちょっと痛くなってきたかも……」

「うん、じゃあ時間計っていきましょう。ご主人、痛い時間と、痛くない時間を計ってもらってもいいですか？」

万が一に備えて、女性のそばで経過を観察する。

痛みの間隔と強さにはまだバラつきがある中、飛行機内にはシートベルトサインが点灯した。自分の席には戻らず、急遽《きゅうきょ》女性のとなりの席でシートベルトを装着する。

少し前まではまだ会話をする余裕もあった女性も、次第に強くなってきた陣痛によって額に汗を滲《にじ》ませていた。

横から彼女の腰部に手を入れ、少しでも痛みが紛れるようにさする。

「到着したら、救急搬送で病院に向かえるように手配してもらっているから、あと少し頑張って」

着陸態勢に入った機体は、大きなエンジン音に包まれ、滑走路に車輪が乗るとわずかに揺れる。

無事に空港に到着したことで、張り詰めていた緊張からわずかに解放されるのを感じていた。

機内アナウンスが流れ、救急搬送される女性の優先がお願いされる。

「歩くことは可能ですか？　機体横に救急の方が待機されていて」

客室乗務員にそう聞かれ、女性の様子を窺う。

「まだ、歩いていく余裕は残っていると思います。救急隊のところまで私も付き添います」

今のところ破水もなく、機内からストレッチャーで運んでもらうような状態ではない。陣痛が始まっても歩いてもらうことは病院内でも日常に見られる光景だ。

「ご主人、機体横に救急隊員が待機しているそうなので、そこまで奥様を連れていってください。私は先に行って説明をしておきます」

力強く頷いたご主人は、女性に声をかけながら降機の準備を始める。その様子を見届け、ひとり飛行機を降りると、隊員がストレッチャーを用意して待ち構えていた。

足早にタラップを駆け下りると、救急隊員に頭を下げる。

「乗り合わせていた助産師です。二十六歳女性、初産、妊娠三十九週。子宮口の開きは三、四センチ。陣痛間隔は約二十分です。一時間ほど前に機内で陣痛が始まりました」

状況を説明し、リーダーと思しき隊員に状況を説明していると、ご主人に支えられた女性が機体を降りてくる。無事に救急隊に引き渡される姿に安堵しつつ話を終えると、ストレッチャーに横たわった女性に近寄る。

「もう大丈夫だから、安心して。あとは、ママと赤ちゃんのペースで、いいお産を」

寄り添うご主人にも目を向け、「支えてあげてください」と笑顔を見せた。

救急隊員に「お願いします」と頭を下げると、横たわった女性が「あのっ」と声を上げた。

「ありがとう、ございました」

初めての妊娠出産、まさかの場所での陣痛で余裕なんてないはずなのに、律義《りちぎ》にお礼の言葉を口にしてくれる女性に胸がいっぱいになる。

思わずぐっときてしまい、込み上げてくる涙を振り払うように横に首を振った。

「頑張って」

去っていくストレッチャーが見えなくなるまで見送る。

今になって、無意識に肩に大分力が入っていたことに気が付いた。

到着ロビーの傍らにあるソファーに腰かける私に、亜紗美がターンテーブルから預け荷物を運んできてくれる。

「はい、佑華の」

「うん、ありがと。ごめんね」

「ちょっと、大丈夫？　魂《たましい》抜けちゃってるみたいだけど……」

となりに腰かけた亜紗美は、私の様子を窺うように顔を覗き込む。

ロビーを行き交う人たちをぼんやり眺めながら「大丈夫」とぽつりと答える。

急な出来事に遭遇したせいか、アドレナリンが出て興奮状態だったと思われる。

気を張っていたせいもあって、今になって脱力感に襲われていた。

「無理もないよ。あんなことが起こったんだから。でも、さすが佑華。あそこで出て行くんだからね」

「……今考えたら、よく出て行ったなって思うよ、冷静になってみると。もし産まれる寸前で、病院じゃないと対応できない難産で……とかだったら、私だけじゃ何もできなかっただろうから」

飛行機内で急病人が出たとき、今日のようにアナウンスされても名乗り出ないドクターは多くいると聞いたことがある。

名乗り出たものの自分では対応できなかった場合、何かあれば訴えられてしまうこともあるからだ。

それを考えると、今日の私の行動は無謀すぎた。

「でもよかったじゃん。無事に病院にも送り出せたんだし。その妊婦さん、きっと心強かったと思うよ、佑華がきてくれて」

　自分の行動は果たして正しかったのか。

　漠然とそんなことを思っている中で、亜紗美の言葉に救われる。

「そうかな……。うん、ありがと」

「そうだよ！」

　結果オーライという感じだけど、あの瞬間、勝手に体が動いていたのは間違いない。

　行こうか行くまいか、それを頭で考えもしなかった。

「よし、じゃあ佑華の好きな甘いものでも食べて旅行締めますか」

「え、いいの？　向こう出るときラーメン食べたいとか言ってたのに」

「いいのいいの。何食べてく？」

　ソファーから立ち上がり、荷物を手にしたとき、向こうから制服の集団が近づいてくるのが視界に入る。

　華やかな客室乗務員とパイロットの集団は辺りの人々の視線を集め、その周囲にはキラキラと光が舞い輝きを放っているようだった。

「宇佐美さま」

その中の客室乗務員のひとりが私の姿を目にすると、小走りで近づいてくる。

彼女はさっきの機内で対応に当たってくれていたひとりで、思わず「あっ」と声が漏れていた。

『機長がお礼の挨拶をしたいと申していまして』

救急隊員に女性を引き渡し機内に戻った際、彼女にそう言われて断っていた。

わざわざ機長にまでお礼を言ってもらうようなことではないし、静かに立ち去ろうと決めていたからだ。

「あ、どうも……」

「すみません、追いかけるようなことをしてしまい」

「いえ！　そんなことは」

「どうしてもひと言直接お礼をと、機長が」

「そうでしたか……ほんと、そんなわざわざご丁寧に――」

そう言いながら目を向けた先、華やかな集団の中でひと際輝きを放っている姿が目に飛び込んでくる。

制服を着こなすスタイルのいい高身長に、艶のある漆黒の髪にはパイロットの制帽。

目が合った瞬間、不覚にも胸がどきんと音を立てて鳴ったことに自分自身驚いた。

涼し気な切れ長の目には、常に冷静さを見失わない厳しさが窺える。

そんな分析をしているうち、パイロットの制服に身を包んだその男性が、私の目の前へと歩み寄った。

近づくと、より身長の高さを感じさせる。

彼は私と対面すると制帽を取った。緩やかな曲線を描く綺麗な黒髪がさらりと揺れる。

「ご搭乗ありがとうございました。機長の桐生《きりゅう》と申します。先ほどは、機内の緊急事態にご協力をいただきまして、大変助かりました」

丁寧に挨拶とお礼を口にされ、「いえ！」と恐縮してしまう。

「私は何も。でも、機内で出産などにならず搬送できてよかったです」

「迅速で的確な対応をしていただいたと聞いています。クルーを代表して、お礼を申し上げます」

彼が改めて頭を下げると、後ろに控える乗務員たちも頭を下げる。

ロビーの一角で仰々しい雰囲気になってしまい、周囲の注目を集めてしまった。

「そんなそんな！　こちらこそ、ありがとうございました」

いたたまれなくなり「亜紗美、行こう」と声をかけ、最後にもう一度頭を下げてその場を立ち去る。

あとからついてきた亜紗美が、私の横にぴったり並んだ。

「え、ちょっと、今のがうちらの乗ってた飛行機飛ばしてた人?」

「みたいだね」

「機長って言ってたもんね。え、若くて超イケメンだったじゃん、何あれ」

亜紗美はどこか興奮気味にそんなことを言う。

確かに、かなり眉目秀麗《びもくしゅうれい》な人だった。

直視するのもちょっと緊張してしまう整った顔立ちだったし、加えて高身長にパイロットというハイスペック。

きっと、綺麗な客室乗務員にモテモテなんだろう。

「CAが放っておかないだろうね~、あれは」

「だね。ね、亜紗美、何食べてく?」

「あ、そうだった。何がいいの、甘いの」

「ん-……そうだな。生クリームが食べたい」

そんな会話を交わしながら、足早に到着ロビーをあとにした。

2、恋人はスイーツ

「はい、帝慶医科大学病院、産科病棟、宇佐美です。ああ、小池《こいけ》さん。こんばんは。どうかされましたか？　うん……陣痛っぽい？　今、どのくらいの間隔で痛みます？」

病棟も静まる、午後九時過ぎ。

看護師たちはちょうど病室を回る時刻で、ナースステーションには私ひとり。入った電話を受けると、もうすぐ予定日を迎える女性からの連絡だった。

日中は病院の総合受付から内線で回ってくる外部の連絡も、夜間は直接産科病棟に繋がるようになっている。

「その間隔だと、そのまま一気にお産になるかもしれないので、入院の準備をして今から来てください。お子さん見てくれる人はいる？　うん、じゃあ大丈夫ね。はい、お気を付けて。お待ちしてます」

通話を終えたタイミングで、ナーシングカートを押す音が近づいてきたことに気付く。

小声で話しながらナースステーションに戻ってきたのは、看護師の滝本《たきもと》佳純《かすみ》と柴《しば》なぎさ。

ふたりは、同じ歳で看護学校も同年卒業。

佳純は看護師になってすぐにこの大学病院に就職し、二年ほど小児科病棟で勤務していた。

私が助産師としてここに就職した年に産婦人科に異動してきたから、この産科では同期といった感じになる。

仕事は真面目に坦々とこなす優秀なナースだけど、プライベートでは絶賛彼氏に振り回され中。

最近も彼と揉《も》めて別れようかと悩んでいる最中だ。

黒髪のロングヘアでスタイル抜群の佳純の趣味は、タヒチアンダンス。ダンスの発表会を見にいったことは何度かあるけれど、お腹のくびれが美しくて本当に羨ましい。

一方のなぎさは、看護師になってから数年間クリニックに勤めていた。

二年ほど前にこの大学病院に転職し、産科を志望して入ってきたのだ。

今は看護師として働いているけれど、いずれ助産師の免許を取りたいのだという。

そんななぎさは、婚活にも精を出している。

早く結婚して子どもが欲しいのもあり、仕事が休みの日は婚活パーティーによく参加しているのだ。

その行動力には本当に頭が下がる。

女子力も高く、なぎさは私たち産科の中では美容番長。

話題の商品のことはよく知っているし、エクササイズも実践しているからとにかく詳しい。

色素の薄いふわふわのくせ毛がほんわかとした雰囲気で、小柄で可愛らしい小動物タイプのなぎさ。二重《ふたえ》のくりっとした目が印象的で、じっと見つめられたら女の私もドキドキしてしまう。

私が受話器を置いたのを見て佳純が「急患?」と訊く。

「うん、小池さん。陣痛始まったっぽいって連絡」

「えっ、そうなんだ。昨日健診来てたみたいだよね」

「今から来るから、そのままお産になると思うんだよね、三人目だし」

そんな話をしながらパソコンの前に座り、小池さんの電子カルテを呼び出す。

「あ、佑華、紅芋タルトありがとねー。いただいたよ」

なぎさがカート上の片づけをしながら思い出したように言う。

一昨日帰ってきた沖縄旅行のお土産を昨日の出勤時に医局に置いておいたのだ。

「いいえー。まだ残ってた？」

「うん、みんなもらったって言うから、私二個目いただいちゃった」

なぎさがそう言うと、佳純が「え、私も欲しい」と言う。

「まだ残ってたよ。休憩のときにいただきな。あ、そうそう佑華、今度の土曜日日勤だよね？　夜予定ってある？」

「え？　土曜……」

何かあったっけ？と考えて、特に誰とも約束をしていないと即把握する。

私の約束の相手は限られているし、予定はスケジュール帳を確認しないとわからないほど立て込んではいない。

「特にないけど」

そう答えると、なぎさはパッと表情を明るくし、パソコンの前に腰かける私のもとに小走りで近づいた。

「じゃあさ、食事会、参加してくれない？」

食事会……？

「って言う名の、合コンなんじゃないの？」

そう言ってみると、なぎさはへへっと笑みを深める。

どうやらご名答のようだ。

「嫌だよ。だいたい、私がそういうの参加しないの知ってるでしょ？」

迷わず断ると、このやり取りを向こうで見ていた佳純が「ほらね」と苦笑する。

「知ってるよ、知ってるけど敢えて誘ってるの！　佳純も来てくれるっていうし、佑華も来てよ、お願い」

「え、佳純、合コン参加するの？　彼はいいの？」

彼氏がいる佳純が合コンに参加するなんて、大丈夫なのかと思わず彼女を振り返る。

この間別れそうなんて言っていたのが、まさか現実になってしまったとか……。

「あー、いいのいいの。私も視野を広げたほうがいいと思うしね」

なるほど。そういう参加ってことね……。

「ふうん。まぁ、佳純が参加するなら私は勘弁して」

「違うの。もともと行く予定の子がダメになっちゃって、急遽調整しなきゃいけなくてさ。女子は看護師でって約束してるから」

「えー、何その縛《しば》り」

つい突っ込んでしまう。それでなぎさがこんな必死に頼んできているわけだ。

「もう佑華くらいしか頼める相手いないんだもん」

「いや……ほんと、合コンとか私は……」

「あ！　そうだ、先に言うべきこと言いそびれてた。その食事会、『アルコバレーノ』を予約してるんだよ。あの予約がなかなか取れない」

「えっ、うそ！」

　逃げ腰だった私がアルコバレーノの名前で途端に食いつく。

　イタリア創作料理店アルコバレーノは、昨年オープン直後から話題のレストランで、予約は数カ月先までいつもいっぱい。

予約困難店のためミシュラン三ツ星に選ばれることは難しいらしいが、確実にミシュラン三ツ星レベルの名店だという。

「幻のドルチェプレート。食べたくないの？」

　誘惑するようなながささの言葉に、ついごくりと喉が鳴る。

　それは、もう、間違いなく即答で……！

「食べたい……！」

「よし、交渉成立！」

　その答えを待っていましたと言わんばかりになぎさが話を締める。

　満足そうに「やったー」と言うなぎさを尻目に、〝やってしまった……〟と心の中で悔いた。

三度の飯よりスイーツが好き。

私が無類のスイーツ好きなのは、私の知り合いなら誰もが知っていること。

趣味は話題のスイーツチェックに、スイーツの食べ歩き。更には自分でもスイーツ作りと、とにかくスイーツが大好き！

スイーツがあれば何もいらない。なんてこともたびたび言っているくらいだ。

そんな私に、この究極の誘いはずるすぎる。

こんなチャンス絶対に逃さないだろうと、断れないのが目に見えてわかっている取り引きだ。

「おっ、佑華はやっぱりスイーツに釣られたか」

佳純はふふっと笑うと、「小池さんの入院する部屋準備してくる」と、足早にナースステーションを去っていった。

スイーツはぜひともお目にかかりたい。でも、合コンの席は嫌……。

「先に言っておくけど、合コンには全く興味ないからね。それでもいいの？」

「いい、いい！　いてくれるだけでも十分だよ。人数が合えば向こうも文句ないだろうし」

「まぁ、それならいいけど……私は、アルコバレーノのドルチェプレートのためだけに行くんだからね」

念を押すようにスイーツ目的をアピールする。

するとなぎさは作業の手を止めナーシングカートに両手をついた。

「でもさ、佑華もそろそろ出会い、求めてみたら？」

悪い顔をしてニヤリと笑うなぎさに、「えっ？」と無駄に大きな声で反応してしまう。

「なんで。出会いとか……別に必要ないし」

「そう言うとは思ったけど、そろそろ欲しくない？　彼氏。というか、なんなら将来のパートナー？」

「彼氏……将来のパートナー、ねぇ……」

二十代も後半。

三十歳を目前にして、周囲では〝結婚〟という言葉もちらほら聞こえ始めている。

現になぎさは絶賛婚活中。

身近なところでいえば、二歳年下の妹も結婚して物凄く幸せそうな姿をそばで見ている。

だけど、自分自身のこととなると、どうもピンとこない。

将来的に結婚をしたくないわけではない。

愛する人と人生を添い遂げられたら、そんな幸せなことはないし、子どもだって大好きだからいつかは自分の子どもが欲しいとも思う。

でも、結婚するために無理してまで相手を見つける気にはなれないし、そもそも恋愛する気持ちが起きないのが正直なところだ。

周りが恋愛に夢中になる高校時代、母に癌《がん》が見つかった。子宮癌だった。

進行が早く、リンパに転移し、治療の甲斐なく私が高三の冬に帰らぬ人となった。

放課後は入院した母のお見舞いに通い、帰れば妹と仕事に出ている父のために家事をこなす日々。加えて、看護学校に進学するための勉強をしていたから、恋愛に浮かれるような青春時代は私には無縁だったのだ。

看護学生になっても、母親を亡くした私の忙しさは変わらなかった。

徐々に妹が家事を手伝えるようになり、分担してくれるようになってから、少しずつ自分の時間もでき始めた。

しかし、その頃から看護学校では実習に明け暮れる日々が始まり、国家試験に向けての勉強も忙しくなっていった。

その後、助産師になるための専門学校に進学。二年間更に勉強に明け暮れ、晴れて助産師として社会に出た。

就職して仕事にも慣れた頃、周囲に「彼氏でも作ってみたら？」と勧められ、紹介された人と何度か付き合ったこともあった。

だけど、不規則な自分の仕事柄、すれ違うことが多く長くは続かなかった。

でも今思えば、振られてしまったのは仕事のせいだけではきっとない。

そもそも、好きでもない人と付き合ってもいいものだろうかと、そんな疑問を抱きながら、周囲から「付き合ったらそのうち好きになっていくものだよ」と背中を押され、半信半疑のままお付き合いをスタートさせていた。

しかし、最初に付き合った彼からは、三カ月もしないうちに別れを告げられた。

というのも、付き合うことになっても私の優先順位は彼氏が一番にはならなかったからだ。

妹や友達との約束はそれまでと変わらず減らすことはしなかったし、デートに誘われても、大事なスイーツ店の予約と被れば迷わず彼氏の誘いを断ってしまった。

連絡をもらっても仕事が忙しくうっかり返信を忘れて既読スルー数日、なんてことも何度かやらかし、最終的には「佑華にとって俺ってなんなの？」「佑華には俺は必要ない」と言われて振られてしまったのだ。

それを亜紗美に話すと「彼氏の優先順位が低いからじゃない?」と言われた。

妹や昔からの友人なら私のことをわかっているからなんとも思わないし言わないけれど、まだ知り合って間もない彼氏に自分のペースを変えずに付き合ったら、〝俺って不必要?〟って思ってしまうのも仕方がないと言われた。

友達付き合いの感覚ではダメなんだと反省して、次に付き合った彼氏には気を付けてマメに連絡も取るようにし、約束もできる限り優先するようにした。

しかし、そうすることではじめは控え目だった彼が、日増しに束縛をするようになっていったのだ。

ことあるごとに「俺が一番だよね?」「俺といたいと思うならその誘い断って」などと言うようになり、大抵のことは彼に合わせて我慢もしたけれど、年に一度の楽しみにしている亜紗美との女子旅までダメと言われていい加減嫌気が差してしまった。

それなら、ありのままの自分を好きになってもらえばいいと、次に付き合った人には自分を曝《さら》け出した。

付き合いはじめに、大好きなスイーツブッフェはひとりでがっつり堪能したいと申し出ると、なぜだか思いっきり引かれた。

「そういうのひとりで行くもん？」から始まり、「外見に似合わず、ソロ飯とか余裕でできちゃうタイプ？」と言われ、イメージしていた姿と違うとまで言われた。

自分を出せば結局こう言われることに、そのままでいていいよと言ってくれる人なんていないんだと思い知った。

求められる姿を演じていないと恋愛はできない。

そう思ったら、私自身が恋愛をすることに向いていないのだろうという結論に至った。

付き合う相手にめぐり合ったとき、そのたびに頑張ってみようと思った。

そう思うけれど、やっぱり上手くいかない。

そんなことを数度経験すると、もう恋愛はいいやといつの間にか思うようになっていた。

私はどうやら、恋愛体質にはなれないらしい。

だから今は、誰にも気兼ねなく自分の好きなことをして、日々やりがいを感じている仕事に自分の全力を注ぎたいと思っている。

そんな毎日で十分幸せなのだ。

「まだ、恋愛はいいやって気持ちは変わらないの？」

私の恋愛事情を知っているなぎさは、黙る私にそんなことを訊く。

「うん……まぁね。今はスイーツがあれば、私の人生潤ってるかな。恋人はスイーツってのがしっくりきてる」

そんな話をしていると、ナースステーションにコールが入る。

夜間入り口の受付からで、小池さんが到着したという知らせだった。

「小池さん、お迎え行ってくる」

そう言い残し、ナースステーションをあとにした。


沖縄旅行後、火曜日から夜勤を二日こなし、木曜日明けで帰宅。

数時間睡眠を取り、お昼過ぎから沖縄土産を持って妹の住まいを訪れた。

「ゆかちゃ！　ゆかちゃ！」

広い玄関を入ると、早速可愛いお出迎えを受ける。

妹、成海佑杏《なるみゆあ》の一歳二カ月になる娘、杏莉《あんり》だ。

「杏莉ー、こんにちは。元気だった？」

ぴょんぴょんと飛び跳ね、私の訪問を全身で喜んでくれる杏莉。

パンプスを脱いでスリッパをはくと、小型犬のように足元にじゃれついてきた。

「いらっしゃい。夜勤明けなんでしょ？　ちゃんと寝たの？」

「うん、四時間くらい寝たから大丈夫。はい、沖縄土産」

「あー、嬉しい！　ありがとう」

「紅芋とちんすこうのチーズケーキってやつ、美味しいらしいから買ってみたんだ。あとね、泡盛のボンボンショコラ。成海先生、チョコ食べられる？」

「えー、何それ。うん、食べられる。さすがお姉ちゃん、チョイスが違うよね」

妹の佑杏は、去年の春に電撃結婚。

お相手は七歳年上の外科医で、ひとりで行った沖縄の旅先で知り合った。

その旅先で意気投合し、どうやら情熱的な一夜を過ごしてしまったらしい佑杏は、その後妊娠が発覚。

当時、佑杏は彼に迷惑をかけたくないという理由から行方《ゆくえ》を追うことはせず、ひとりで子どもを産み育てると決意した。

私が助産師だったこともあり、妊娠出産、その後に待ち受ける育児をひとりでこなしていけるのかを話し合った。

それでもお腹に宿った子に会いたいと願った佑杏に、私自身も父親代わりに寄り添っていこうと心の中で誓いを立てていた。

なんなら、生まれてくる子と三人で生きていくのも悪くない。

そんなことを本気で考えていたくらいだ。

しかし、佑杏が恋に落ちた人は最高にいい男だった。佑杏を見つけ、お腹の子どもごと愛してくれる、文句のつけようのない相手だった。

佑杏にとったら、彼とふたり自分たちの子を育てるのが最善。

父親代わりができなかったのはほんの少し残念ではあったけれど、姉として妹が一番幸せな形で新たな人生を歩み始めたことにはホッと胸を撫でおろした。

「沖縄、どうだった？　楽しかった？」

「うん、よかったよー。やっぱ年一で行きたいね沖縄は」

そう答えながら、ふと帰りの飛行機での一件を思い出す。でも、そのことを今このタイミングで話題に出す気にもなれず、そのままそっと胸にしまう。

「そっか、いいなぁ。私もまた行きたいな」

開放的な明るいリビングに通してもらうと、杏莉が私の手を引きソファーへと連れていく。

L字に設置されたゆったりとしたソファーには、杏莉が遊んでいたのか、うさぎやくまのぬいぐるみが置かれていた。

「あ、そうだお姉ちゃん、明後日の土曜日って日勤？　夜勤？」

「土曜？　日勤だけど……」

「あ、じゃあさ、もし予定なかったら仕事終わったらうちこない？　明日、新しいオーブンが届くんだけどね、パン焼いたりいろいろ作ろうと思ってて。晴斗《はると》さんがお姉ちゃんも呼んだらどうかって言ってくれて」

「へぇ、そうなんだ。土曜日、うん、大丈――」

と、返事をしかけて〝あっ〟と思い出す。

そうだ、その日は……。

「あ、ごめん。その日は、ちょっと先約があって……」

「え、あ、そうなんだ。それなら仕方ないよ。急に誘っちゃったしね。また今度、お姉ちゃんの予定がないときに誘うし」

「うん、ごめん……」

「……？　え、もしかして、その約束って男の人？」

「え？　違うよ、なんで」と答えつつ、どこか動揺が出てしまったような反応になる。

合コンという席だから、半分合っているような、合っていないような……。

いや、違う違う。私はスイーツと約束しているんだから。

「あれ、私の勘違い？　なんか反応が微妙だったからさ。いつもそんな言い方しないし」

さすが妹……。私の微妙な反応を敏感に感じ取ったらしい。

「いや、なんというか……男の人ってわけじゃないんだけど、その日、職場の同期に合コンの席に付き合わされることになってて。あ、勘違いしないでね、人数合わせだから」

先手を打って〝人数合わせの付き合い〟を強調する。

でも、佑杏はなぜだか口角を吊り上げる。

「へぇ、珍しい。付き合いでも合コンとかは断る主義のお姉ちゃんがそういう席に行くなんて」

「だから、違うんだよ。はじめはもちろん断ったんだけどね、アルコバレーノっていうぜっんぜん予約が取れないレストランで食事会らしくってね。で、そこのスイーツがどうしても食べたくて、そのために参加了承したって感じで」

「うそ、本気でスイーツ目当てとか……」

「当たり前じゃん。じゃなかったら行くわけないでしょ、この私が」

佑杏はキッチンに入りながら「なーんだ」と、つまらなそうな声を返してくる。

私のとなりに杏莉がちょこんと座り、くまのぬいぐるみを渡してきた。

「なんだって何よ、なんだって」

「えー？　いや、お姉ちゃんは浮いた話ないのかなーって。妹的にはこれでも気にしてるんだよ」

佑杏は「紅茶でいい？」とお茶の支度を始める。

「浮いた話って……別に欲してないからいいんだよ」

「え、もしかして、一生結婚する気ないとか？」

いきなり核心に迫った質問をされ、つい口ごもる。

「それは……」

一生……そう言われると、正直わからない。

今はよくても、数年後は気持ちが変わっているかもしれない。

何かのきっかけで猛烈に結婚したくなり、人が変わったように婚活を始めてみたりするかもしれない。

でも、今はその気がない。

「私が杏莉妊娠して、お姉ちゃんのところに転がり込んだとき……お姉ちゃん、一緒に住んで一緒に育てようって言ってくれたじゃん。あのとき、すごく心強かったし嬉しかったんだ。だけど……お姉ちゃんは？って思った」

「え……？」

「お姉ちゃんの人生は？って」

白いティーポットとカップをのせたトレーを手に、佑杏がソファーにやってくる。そこに杏莉のマグも載っているのを見て、そばのベビーチェアに杏莉を抱き上げ座らせた。

「私と一緒にいたら、お姉ちゃん……いい人がいても、きっと私が邪魔しちゃうだろうなって考えたりもした」

「やだ、あんな大変なときにそんなこと考えてたの？」

「それは、やっぱり考えるよ……」

自分の体の心配だけをしなくてはいけない時期に、私のことなんかを気にかけさせてしまったことを今更知る。

どんなときでも相手のことを真っ先に考える。佑杏の優しいところは昔からだ。

「お馬鹿だね、心配ご無用だから。今はそういう相手もいないし、そういう気持ちもないし。仕事して、美味しいもの食べて、それで十分幸せだからいいんだよ。可愛い姪《めい》っ子もいるんだしね」

佑杏に手渡されたマグを両手で持ち、一生懸命に飲んでいる杏莉の姿に思わず笑みがこぼれる。

嘘でも見栄でもない。今、自分の人生に不足は何もない。

すると、佑杏は「でも、さ……」と、どこか真面目な顔で私をじっと見つめた。

「お姉ちゃんはずっと私のこと一番に考えてくれていて。だけど、これからはお姉ちゃん自身のこと考えてね」

私自身のこと……。

成海先生と出会い結ばれて、杏莉が生まれた幸せな佑杏を間近で見てきて、自分自身の中で以前はなかった幸せに対する思いが芽生えたことは確かだ。

この先の自分の人生、これまでは上手くいかなかった恋愛についてだって、全く考えないといったら嘘になる。

あれこれ考えていたらつい神妙な顔になってしまっていたようで、佑杏がクスッと笑った。

「あ、だからさ！　その合コンで運命の出会いがあるかもしれないじゃん？」

「え、ないでしょ。合コン目的で行かない私なんて余計に」

そう言うと、佑杏は「わかってないな、お姉ちゃん」と、何やら知っている口調で笑みを浮かべた。

「そういう人が案外誰かと上手くいっちゃったりするんだから」

「……。いやぁ、ないない。ないでしょ」

「ないって決めつけちゃダメでしょ。人生どこで何があるかわからないんだからね、私みたいに」

旅先で運命の出会いをした佑杏がそう言うと妙に説得力があるけれど、そんなこと、ほとんどの人間が体験することはない。

運命の出会い、なんて……。

「それに、私はお姉ちゃんに、一緒にいて幸せだと思える人と出会ってほしいなって、思ってるよ」

恋愛も上手くいったことのない私には、一緒にいて幸せだと思えるのは唯一肉親の佑杏や杏莉くらいしかいない。

心からそんな風に思える相手に自分が出会えるなんて、私には幻想でしかない。

「だから、ちゃんと準備は万全で行かないと。着ていく服とかもう決めた？」

「え……いや、全然、何も。なんか適当に――」

「適当って！　そんなんじゃダメ。あ、そうだ！　この間ね、いい感じのスカート買ったんだけど、着ていく機会なくて可哀想なの。見てみない？」

「え、あ、佑杏」

私の返事を聞くよりも先に、佑杏はリビングを出ていってしまう。

杏莉が私のことをじっと見つめていて、つい「困ったママだねぇ……」と話しかけていた。

3、君に興味を持った

四月後半の週末、土曜日。

大型連休に入る前の週末も街は人で賑わいをみせている。

「やっぱり今日の佑華、すっごくいいよ、可愛い」

「だからやめてよ、なんか今日のために気合い入れてきたみたいな気分になるじゃん」

「え、多少はそれもあるでしょ？」

「あのねぇ……私がそういうつもりで来たと思ってる？」

「……ないか、ないよね。あの店じゃなかったら絶対来なかったもんね」

「そうだよ。TPO的なやつだよ。あと、お店にも失礼ないようにね」

一緒に日勤だった佳純と午後五時に仕事を上がり、電車に揺られて向かった先は表参道《おもてさんどう》。

今日はこれから、なぎさに誘われた例の食事会という名の合コンがある。

二日前、佑杏に『着る機会がないから！』と言われて渡されたグレーのシフォンプリーツスカート。

そのスカートに合わせて、スモーキーピンクのリブニットという今日のコーディネート。

仕事が終わって白衣から着替えると、佳純が『可愛い！』と妙に食いついてきたのだ。

普段は、好んでデニムパンツのコーディネートが多い。

お気に入りのデニムは脚に馴染んでいるし、悩まないでコーディネートができるからついへビロテしてしまうのだ。

スカートも穿《は》かないことはないけれど、カジュアル感の強い生地のスカートが多い。

こういう、柔らかい素材の女子っぽいものは久しぶりだ。

本当は、普段通りの格好でいいやと思っていたのだけれど、『合コンに参加する気がなくても、その場に行くならそれらしい格好で行かないと浮くし、主催の友達の面《めん》子《つ》も潰しちゃうよ』と佑杏に言われ、それはまずいと考えを改めた。

だから、今日の装いは気合いではなくTPOをわきまえるという意味で整えてきた格好だ。

「佑華の普段の服装も抜け感がいい感じで好きなんだけど、こういう女子力高めの服装も似合っていいよ。もっとこういう格好も普段からすればいいのに」

「えー、そうかな？　なんか、慣れない格好ってやっぱり落ち着かないよね」

普段、仕事中も含めてパンツスタイルが多いせいか、スカートは脚が無防備な感じがして落ち着かない。

特に、今日みたいなふわふわしている素材だと脚がよりスースーする感じがする。

「いいじゃんいいじゃん、似合うんだから勿体ないよ。佑華はもっと女子の部分を押し出すべきだよ」

「押し出すって……。人のことばっかり言うけど、私は佳純みたいな雰囲気いいなぁって思うけどな。私が真似したら絶対に似合わないもん」

タイトなブラックのワンピースをさらりと着こなしてしまう大人女子な雰囲気は、佳純のクールビューティーさと、スタイルの良さがあるからこそ叶うもの。

私がやったら似合わなすぎて「どうしたの？」と言われてしまうやつだ。

しみじみそう言った私に、佳純は「みんな、無いものねだりなものか」と笑った。

そんな話をしながら表参道の脇道を入ったところに、目的のアルコバレーノを見つける。

ビルの一階に店舗を構える店は、真っ白い外壁に黒い扉。

その扉のすぐ横に店名が黒字で控え目に書かれていて、文字が浮かび上がるように下からライトアップされている。

表参道を一本入った先にある、この落ち着いた雰囲気の店構え。気軽に来店できるような部類の店ではないなと思いながら、佳純がなぎさに連絡を入れるのを見守る。

「──うん、着いたけど、え、ここでいいんだよね？　なんか入りづらいっていうか……」

なぎさは今日は休み。

今日の会を主催した看護学生時代の友達ふたりと、先にお店に入っている。

佳純と私を合わせて五人となり、先方も五人だから会は十人という人数だ。

「あー、来た来た、お疲れー」

店の前で待っていると、なぎさがひとり入り口から出てくる。

今日はアイボリーの綺麗目ワンピースに身を包んだなぎさ。

緩く巻いた髪をハーフアップにして、合コンにふさわしいスタイルだ。

「ありがとね、来てくれて。ふたり待ちだったからこれで始められるよ」

ドアを開けて私たちを中へ招くなぎさに、佳純が「えっ」と声を上げる。

「男性陣も揃ってるの？」

「うん、私たちより先に来てたよ。大丈夫、ふたりは勤務後だから遅れるって伝えてあるから」

入り口を入ると、黒服のスタッフが丁寧に「いらっしゃいませ」と来店を歓迎してくれる。

白い石造りの壁と、ダークブラウンカラーで統一された落ち着いた店内。

シックで洗練された、隠れ家のような雰囲気だ。

「なかなかの面子だったよ、男性陣！」

「え、そうなの？　いい男揃い？」

「うん。やっぱり職業柄なのかね、キラキラしてる」

前でなぎさと佳純がそんな会話を繰り広げるのが耳に入ったが、特に興味もなく店内を観察し続ける。

しかし、いよいよその席に顔を出す寸前になって緊張がじわじわと押し寄せてくる。

合コンに参加する目的で来ているわけではないのに、今更何を緊張なんかしているのだろうか。

そうは思ってみても、全く知らない、しかも異性と、対面して食事をするという席に参加するのは無条件に緊張して当たり前だ。

「だって、佑華。キラキラしてるってさ」

「えっ、キラキラ？　そ、そうなんだ」

「何、ほんと興味示さないなー」

そういえば、合コン自体に全く興味がなく人数合わせで来たのもあって、相手がどういう人たちなのか聞いてもいなかった。

なぎさも、私に言っても仕方ないと思ったのかもしれない。

入り口を入ってすぐのカウンター席の奥には、半個室の席が並ぶ。

その一番奥に着くと、中から男女の話し声が聞こえてきた。

なぎさが「じゃ、行くよ」と席へと入っていく。佳純のあとに続きいよいよ席へと足を踏み入れた。

「お待たせしましたー。ふたり到着です」

入ってきた私たちに席につく一同の視線が集まる。

佳純が「こんばんはー」と気さくに挨拶をしたのに続き、「失礼しまーす」とぺこりと頭を下げた。

「私と同じ職場のふたりです」

椅子にかける前になぎさが紹介を始めて、佳純が「滝本佳純です。お願いしまーす」と先に名乗る。

初めましてだと、こういう挨拶をしなくちゃいけないから苦手なんだよね……と心の中で呟きつつ、口を開いた。

「宇佐美佑華です。よろしくお願――」

挨拶をしながら対面する男性陣に改めて視線を向けた瞬間、声がふっと消えていく。

五人のちょうど真ん中の席に座る男性の顔を見て、思わず「あっ」と言っていた。

相手のほうも目が合った瞬間、全く同タイミングで「あ……」と声を上げる。

確認するようにお互いに見つめ合った私たちに、周囲がざわめいた。

「えー、じゃあ、例のその陣痛対応した飛行機の機長だったのが、桐生さんだったってことか」

「やだ、すごい偶然じゃん！」

ワインで乾杯をして会が始まると、話題はすぐに私と斜め前の彼が初対面ではなかったことに盛り上がる。

桐生七央《なお》さん――まさか、あのときちらりと挨拶をした飛行機の機長に、こんなところで再会してしまうなんて誰も思うはずがない。

というか、今日のこの会の相手が航空会社の男性だなんてことも、少し前の自己紹介で知ったくらいだ。

佳純はなぎさから聞いていたみたいだけど、スイーツ目当てで来た私には伝えられていない情報だった。

私たち女性陣が看護師なのに対して、相手側の男性陣は機長がひとり、副操縦士がふたり、整備士がふたりという面子だ。

「社内でも話題になりましたよ、宇佐美さんのこと。『勇敢な助産師さんが』って、CAたちが」

桐生さんの向こうに座る副操縦士の森川《もりかわ》さんがそんなことを口にする。

同意を求めるように「ですよね？」と桐生さんに声をかけると、桐生さんは「あぁ」と私に目を向ける。

不意に視線が重なり合い、切れ長の涼し気な目にどきりとさせられた。

誤魔化すようにふわっと目線を泳がせる。

話題の中心にいるのが居心地悪く、「いえ、そんなことは」と笑みを見せつつ〝早くこの話終わって！〟と心の中で叫んだ。

「え、俺よくわからないんだけど、看護師さんと助産師さんって資格が違うとかそういうことなんですか？」

社交的な感じの森川さんが私たちに疑問を投げかける。

するとちょうど女性陣の真ん中に座るなぎさが口を開いた。

「ここにいる全員が看護師免許は持ってるんですけど、佑華だけ唯一助産師なんです。看護学校を卒業した後、更に勉強して助産師の資格を取って」

そう説明すると、男性陣の視線がぱらぱらと私に向けられる。

飛行機の件から引き続き話題の真ん中に自分がいて、なかなか落ち着けない。

「へぇ〜、なるほど。じゃあ、宇佐美さんは産婦人科に勤めてるんですね。他の皆さんは？」

森川さんの質問に、なぎさが「佳純と私は、佑華と同じ産科です」と答える。

本日の主催者であるなぎさの看護学生時代の友達ふたりがその後の会話を引き継ぎ、やっと話題の中心から外れていったところで小さく息をついた。

これでようやく食事に集中できる。

「私たちのことよりも、航空会社に勤めている皆さんの仕事のほうが興味深いですよ！」

話がひと区切りつくと、なぎさが男性陣に切り出す。同意するように女性陣がわっと盛り上がった。

確かに、航空会社に勤める人たちなんて身近にいないし、それは非常に興味深い。

「さっきの看護師と助産師の質問じゃないですけど、機長と副操縦士って資格が違うんですか？　空港で制服着て歩いているのがパイロットの方ですよね？」

なぎさが質問すると、なぎさの友達のひとりが「パイロットの制服かっこいい！」とテンション高めに声を上げる。

空港を利用しても、今までパイロットに注目したことがなかった。

空港内を普通に歩いているとも思わなかったから、この間フライト後の桐生さんがわざわざ挨拶に来てくれたことにも驚いたくらいだ。

あのとき初めて、パイロットの姿というものを目の前で見たけれど、なぎさの友達が口に出して言ってしまうのもわからなくない。

その職業の人しか身に着けられない制服というのは特別感がある。

「そうそう、免許の種類が違うんだよ。副操縦士は事業用操縦士っていう資格で、うちの会社だとだいたい十年くらいで定期運送用操縦士っていう資格を取得して機長になるんだよね」

なぎさの質問に森川さんが答える。

女子たちの注目を浴びる森川さんは、「だから……」と含みを持たせる言い方で微笑を浮かべた。

「桐生さんは超エリート。桐生さんの歳で機長になるのは、うちの会社史上初だからね。いや……たぶん、業界史上最速かもしれない」

この話でいけば、機長になるというのは年数を要するし、難しいのかもしれない。最速……平均十年というところ、彼が何年で機長になったかはわからないけれど、相当な努力家なのだろう。

年齢は、私よりは上だよね……。

話を聞いた女性陣の「すごーい！」などという言葉と共に桐生さんに視線が集まるけれど、桐生さんのほうは特にノーリアクション。

「俺の話はいいから」と言ったきり、まるで正面の黄色い声が聞こえていないかのようにグラスを手にワインを味わっている。

この間空港で挨拶をされたときも、キラキラ輝いている人たちの中で更なる輝きを放っている人だと思ったけれど、今も存在感がずば抜けている。

ラフなのに計算されたようにセットされた綺麗な黒髪。切れ長の奥二重に細く高い鼻梁。おまけに、ベースメイクなんてしているはずないのに肌は綺麗で美しいのだ。

きっと、普段から綺麗な客室乗務員の女性たちにも囲まれているし、こんな風に持て囃《はや》されることには慣れっこなのだろう。

女性陣の熱視線にも動じることなく涼しい顔をしている桐生さんを盗み見て、ふと、モテすぎるっていうのもきっと大変なんだろうな、なんて憶測してしまう。

私には縁のない世界だけれど。

なんとなく手持ち無沙汰になり、何気なく本日のコースメニューの紙を手に取る。

……わっ、やったぁ！ 今日のドルチェプレート、フォンダンショコラがメインだー！

「桐生さん、モデルをやってたこともあるんですよ。天は二物も三物も与えるんですよね～」

「えー！ すごい！」

盛り上がる会の端っこの席で、聞こえてくる会話はもはやＢＧＭと化し、私の心はすでにドルチェプレートに向かって一直線。

「ね、佑華聞いた？ 元モデルだって。やばくない」

「ん？ へぇ、そうなんだ」

体を寄せて耳打ちしてきた佳純の声も、奥で盛り上がる女性陣の声にかき消され気味。

相槌《あいづち》程度に言葉を返すと、佳純は「興味なしかい」と小声で私にツッコんだ。

「じゃあ、ここで問題です。見た目で機長か副操縦士か見分けられるんだけど、それはどこでしょう」

森川さんがクイズを出すように女子たちに質問すると、なぎさが「あ、はい！」とすぐに挙手する。

「制服の、肩とか腕の金のラインの数が違うんでしたっけ？」

「おっ、すごい、正解。機長が四本線で、副操縦士が三本線のラインね。今度空港でパイロットを見かけたら、見てみるといいよ」

料理が運ばれ始めると、各々前後左右で歓談が始まる。

出入り口に一番近い席にかけた私は、時折となりの佳純と話し、佳純が話す向かいの男性陣の話に相槌を打ちつつ、意識は運ばれてくる料理に全集中。

目の前に置かれた黒いプレートには、イタリアンパセリが添えられた美味しそうなローストビーフが載っている。

これはラストのドルチェプレートも期待大だ。

「合コンとか参加するっていうことは、やっぱり結婚願望は強い？」

「んー、強いのかな？　まぁ、もうすぐ三十路だし、いい人がいればしたいのが本音だけど、なかなか難しいですよね。失敗したくないですし」

ナイフとフォークを手に早速ローストビーフに取り掛かろうとしていると、横から
デリケートな内容が耳に入ってくる。

佳純の向かいの航空整備士だという男性が、佳純にそんな質問をし始めた。

私の向かいに座る、同じく整備士だという男性も、ふたりの話に参加し始める。

「でも、看護師さんじゃモテるでしょ？」

「え、それイメージじゃないですか？　特別そう感じたことないですけど」

「いや、絶対モテるでしょ、ナース。宇佐美さんは？　結婚願望とかは」

切ったお肉をあーんと口を開け運ぼうとしたところでいきなり話を振られ、慌てて
口を閉じる。

フォークに刺したお肉を持ったまま、心の中で『なんで私に話がくるの⁉』と叫んだ。

「えっと……ないです、結婚願望は全く」

はっきりきっぱりと、いつも通りの調子でそう答えると、なぜだかその場が一瞬しんとする。

私と同じように向こう側の真ん中の席でフォークとナイフを手にしていた桐生さん

と、掠《かす》める程度に視線が交錯した。

「えー、そうなんだ、珍しいね。じゃあ、こういう席には遊べる男探しに来てる感じ？」

「いや、私は今日は付き合――」

「あぁー！　佑華、ちょっと酷い男に騙されまして、恋愛はしばらくお休み中で」

え、えぇぇぇ⁉

私の声を遮《さえぎ》り、いきなり佳純がそんな作り話を口にしてぎょっとする。

となりに目を向けると、「ね？　佑華」と同意を求められ、私が口を滑らせて〝付き合いの人数合わせ〟と言わないように誤魔化したのだと気が付いた。

「あ……う、うん」

佳純の話に乗っかると、向かいの男性陣からはどこか哀れんだような視線が向けられた。

「そっか、ごめん、変なこと言って」

「そうだよお前、何が『遊べる男探し』だよ、失言だぞ」

佳純の作り話から私が〝可哀想な女〟みたいになってしまって、男性陣はどこか申し訳なさそうに委縮する。

「そういうわけで、佑華は今日、ここのスイーツ目当てで来てて。ほっんとスイーツが大好きなんですよ、体がスイーツでできてるんじゃないかってくらいのスイーツ好きで、この間なんか――」

佳純がフォローしてくれているのを聞きながら、ちょびちょびとローストビーフを食しだす。

でもこれじゃ、結局食べるの目的で参加してるって話になってない……？

佳純が私のスイーツ好きを説明するのを聞きながら、心の中でそんなことをツッコんだ。

会も終盤に入り始めた頃、バッグを手にひとりレストルームに立ち上がった。

私が〝酷い男に騙され、恋愛はお休み中のスイーツ好き〟だという話になってから、どうも居心地が悪くなってしまった。

つい口を滑らせかけて、付き合いで参加していると言いそうになった自分が全部悪いのだけど、やっぱりこういう席は向いてないなと改めて思っていた。

これからせっかくのスイーツが運ばれてくるのに、いづらくなったら今日無理して参加したのが台無しだと思い、一旦席を外したのだ。

ひとりきりのレストルーム内で鏡を覗き込むと、どこかお疲れの顔。

仕事後というのもあるけれど、それだけではない。

ルースパウダーでくすんだ肌を誤魔化し、ナチュラルピンクのリップを塗り直す。

「……よし」

あとはお待ちかねのドルチェプレートの登場を待つのみだし、空気になって味わうことだけに全集中しよう。

レストルームを出て、客席に向かって雰囲気のある細い通路を戻っていく。

突き当たりに差し掛かる寸前でいきなり前方に人影が現れ、驚いて足を止めた。

「あっ、すみません」

謝りながら視線を上げて、そこに見た顔についまた「あっ」と声が漏れる。

ばったり鉢合わせたのは桐生さんで、思わず驚いたリアクションをもろに取ってしまった。

「あ、あの」

彼の顔を間近で見た途端、ずっと気になっていたことが頭に浮かび勝手に声が出る。

どこか訝《いぶか》しげに私を見下ろす視線に一瞬怯みかけたけれど、喉元まできていた言葉をそのまま口に出した。

「先日の妊婦の方は、あの後無事に出産されたとか、何かお聞きになっていますか？」

ずっと気がかりだったけれど、もう確かめることはできないと思っていた。

だけど、今日こんな場所であのときの関係者に再会することができたのだ。

ほんの少しの時間でも彼女に携わった医療従事者としては、聞かなくては気が済まない。

呼び止められてどこか怪訝《けげん》そうな表情を見せていた桐生さんが、なぜだか突然フッと吹き出すように笑みをこぼす。

何か変なことでも聞いてしまったのかと、今度は私が渋い表情になってしまった。

「いや、すみません。何かと思えば、そのことだったので、つい」

「はい？」

「無事、出産されたそうですよ。元気な男の子だと。あの後、すぐにうちの会社のほうに礼状が届いたと聞きました」

そんな報告を受けて、肩の力がふっと抜けるような感覚を覚える。

あのときの緊張感が、未だに体のどこか隅のほうにわずかに残っていたのかもしれない。

胸にホッと安堵が広がっていく。

その心の声が口から「よかった……」と漏れていた。

「そうでしたか。それなら安心しました。あ、すみません、突然呼び止めてしまって」

「ごめんなさい」と、慌てて道を譲る形で壁に背中を寄せる。

するとなぜか、通り過ぎていくはずの桐生さんが、壁に貼りついた私に向かい合った。

「君に興味を持った」

桐生さんの顔を見上げるよりも先に、耳を疑うような言葉が降ってくる。

え？　今、なんて……？

そんな思いで彼の顔を目にすると、さっきまでの笑みは消えじっと真剣に私の目を見つめている。

どう見ても冗談で言っているような雰囲気はなく、いつの間にか大きな音を立てて鳴っている鼓動に気が付いた。

「え、あの……それは、一体、どういった意味でしょうか……？」

「そのままの意味だ。君に興味を持った」

もう一度同じ言葉を言われたことで、聞き間違いではなかったと確認する。

だけど、全く意味がわからない。

興味を持ったって、私の何に……？

「すみません、戻りますね」

聞いてみたい気持ちがありつつも、無意識に立ち去ろうと体が動く。

壁に沿って横歩きで向かい合う状態から逃れようとしたとき、いきなり進行方向を塞ぐように壁に片手を突かれた。

「待って、逃げないでほしい」

自分がまさか〝壁ドン〟というものを体験するなんて思いもせず、途端に身動きが取れなくなる。

依然として逸らされない視線に、鼓動の高鳴りは増すばかり。

「こ、困ります。こんな、誰か来たら……」

これは一体どういう状況なのかと思われてしまう。

桐生さんは壁から手を離し、「悪い」と言いつつも何事もなかったかのように私を見下ろした。

「できれば日を改めて、ふたりきりで会ってもらいたい」

「え……」

「折り入って、君に相談したいことがある」

相談したいこと……？

突然の申し出に言葉が見つからない。

そうこうしているうちに桐生さんは目の前でスマートフォンを取り出し、メッセージアプリの友達追加画面を見せる。

二次元コード読み取り画面を出し、〝早く見せて〟と言わんばかりに私の目をじっと凝視した。

「あ……は、はい」

心の片隅では、なぜ？と思いつつ、言われるがままスマートフォンをバッグから取り出し、慌ててメッセージアプリを立ち上げる。

自分の二次元コードを見せると、それを読み取った桐生さんが今度は自分の二次元コードを出してみせた。

同じように読み取ると、桐生さんが新しい友達として登録される。

「改めて連絡する」

そう言うと、桐生さんはやっぱり何事もなかったように奥のレストルームへと去っていった。

4、申し込まれた契約結婚

独り暮らしの住まいは、勤務先である大学病院から徒歩で通える近さにある。

日勤の仕事を終えると真っすぐ帰宅し、まず初めに冷凍庫を開く。

夕飯に何を食べるか中身と相談して、作っておいたひとり分の煮込みハンバーグを電子レンジに入れた。

その間にささっとシャワーを浴びる。

これが仕事後に帰宅した私のお決まりのパターンだ。

あとはゆっくり夕飯を食しながら、気分がよければひとりで一杯やって、ドラマや映画を観て余暇を過ごす。

シャワーから出てリビングのソファーに座り込むと、今日も一日終わったと一気に気が緩んだ。

脚を伸ばしてごろつけるふたり掛けソファーの片隅には、ジャスミンの香りのボディクリームが転がっている。

それを手に取り腕や脚に塗っていると、ソファーの真横に置いたバッグの中でスマートフォンが震える音がした。

手を止めてバッグからスマートフォンを取り出すと、入っていた通知は企業宣伝だった。小さく息をついて、作業に戻ろうとしたところで、ふと思う。

そういえば、あれはなんだったんだろうか……？

スイーツに惹かれて参加した食事会という名の合コン。そこで再会した桐生さんに、改めて連絡をすると言われて連絡先を交換し、一週間が経とうとしている。

あれから、交換した連絡先からメッセージが入ることもなく、もちろん電話がかかってくることもない。

アプリ内の友達の欄を出し、確認するように彼の名前を探す。

これ、観葉植物……？

桐生七央とフルネームで登録された名前の横、アイコンには何か室内で撮影した植物の写真がアイコンにされている。

一体、何のために連絡先を交換したのだろうかと思いながら、スマートフォンをソファーの傍らに放り置いた。

空港で会って、たまたま参加した合コンで再び会って。こんな偶然あるのかと顔を合わせた瞬間、驚きで心拍数がかなり上がった。

桐生さんのほうは別に大した驚きもなかったみたいだけど、飛行機のパイロットなんて仕事をしている人はきっと心臓が強いのだろう。

そんな程度のことでは動じなそうだ。

『折り入って、君に相談したいことがある』

だけどあのとき、桐生さんはどこか切羽詰まったような空気を発していた。

だから、普段なら連絡先の交換なんてお断りするところ、つい流されるようにしてスマートフォンを取り出してしまっていた。

あのときはそうしないといけないような気がして連絡先の交換をしてしまったけど、落ち着いてから考えてみると、これまでの自分を思えば有り得ない行動だった。

だけど結局、一週間が経つ今、彼から連絡が入ってくる気配はない。

もしかしたら、顔には出ないもののワインで結構酔っていたのかもしれない。

その勢いで聞いた……もしくは、相手を間違えた？

だから酔いが醒めてから連絡先を交換したのが私で、〝まずい、間違えた〞なんて思ってたり……。十分に考えられることだ。

「ああっ、塗りすぎ」

ぼんやり考えながらボディクリームを塗っていたら、いつもの倍の量を使っていて脚も腕もテカテカになっていた。

小さなため息をついて蓋《ふた》を閉める。

「ごはん食べよ……」

重い腰を上げてソファーから立ち上がったとき、置いたスマートフォンの画面が点灯した。

「えっ」

見下ろした画面に思わず声が漏れる。

どかっとソファーに座り直し、スマートフォンを手に取った。

来た……。

トークアプリの通知に出た、桐生七央という名と、【こんばんは】から始まるメッセージ。

タップしかけて、自分にちょっと待ったをかける。

届いてすぐに既読がついたら、待ち構えていたみたいに思われそうだ。

そんな変な見栄から、そのままスマートフォンをもとの位置に置き直す。

食べようと思って用意していた煮込みハンバーグと、作り置きの副菜を食卓に用意し、いつもより早いスピードで食事を済ませた。

食器を下げ、冷蔵庫からストックしているチューハイを取り出す。

蓋を開けながらそそくさとソファーに戻り、改めてスマートフォンを手に取った。

点灯させた画面には、やっぱり間違いなく届いている桐生さんからのメッセージの通知が残っている。

二十二分前と出ていて、もう開いても大丈夫だろうとトークアプリを起動させた。

【こんばんは。先日はありがとうございました。日を改めてとお願いした件ですが、日程はいかがでしょうか？　候補を挙げていただければ、都合のつく日程を調整させていただきます】

至って真面目な内容であるけれど、要は個人的に会うための日取りを尋ねられているものだった。

どうやらこの間のことは間違いではなかったらしい。

飲み口に口を付けごくりと喉にお酒を流し込むと、甘いメロンの香りが口いっぱいに広がる。

あのときも疑問だらけだったけど、今になってもそれは何ひとつ解消されていない。

桐生さんの言葉をひとつひとつ反芻しながら、届いたメッセージを何度も読み返す。

私に興味を持ったって、どういうことなんだろう？

それに、改めてふたりで会って彼が私に相談したいことって……？

「ん——……」

やっぱり全く見当がつかなくて、考えが行き詰まる。

でも、私の中で返信の文面は仕上がっていた。

普段、親しい人に送るような絵文字などはなしで、文章を作っていく。

【こんばんは。こちらこそ、ありがとうございました。その件ですが、個人的にお会いするのは少し難しいです。また、先日のような場でお会いできればと思います】

さすがに、いきなりふたりきりで会う勇気はない。

頭の中でそれが一番大きく、特に疑問もなく断る一択で文面を作っていた。

文章を読み返し、誤字脱字をチェックする。

「よし……」

しかし、送信しようと思って、ちょっと待てよと手が止まった。

断って話を終わらせるのは構わないけれど、一体なんだったんだろうかと物凄く気になりそう……。

あの日、食事会はあの場で解散となり、「次に行こう！」みたいなノリになる人もいないなんとも上品な会だった。

振り返れば、居酒屋などでの飲み会合コンとはまた雰囲気が違ったような気がする。

その帰り道、佳純やなぎさ、なぎさの友達は参加した男性陣の話で終始盛り上がっていた。

その話の中で断トツ話題にされていたのは、やっぱり桐生さんのことだった。

パイロットであり、あの眉目秀麗さ。

確かに初めて会ったときのことを思い返すと、制服姿の桐生さんは何かドラマからでも出てきたような、そんな非現実感があった。

『君に興味を持った』

そんな人に、なぜだか興味を持たれ、個人的に会って相談したいことがあるだなんて言われたこと……。

断ったとしても、少なくともしばらくは考えてしまいそうだ。

「ん……？」

送信前にあれこれ考えていると、メッセージアプリの短い音が手元で鳴る。

桐生さんとのトーク画面に追加で入ってきたメッセージがあり見入った。

【『Le Charles《ル・シャルル》』の予約が取れるのですが、スイーツをいただきながらどうですか？】

その文面に目が釘付けになる。

「うっそ……ル・シャルルって、あの？」

台場《だいば》にある、スイーツ専門のお店。

スイーツのみのコースが味わえる、スイーツ好きにとってはたまらないお店だ。

コースは月ごとに変わり、その時期に合った素材をふんだんに味わえるスイーツがいただける。

フルーツだけではなく、野菜を使ったスイーツなども出てきたり、ここでしか味わえないメニューばかりなのだ。

スイーツ好きの私ももちろん足繁く通っている。

だけど、予約を取るのが本当に難しく、毎回必死。

シフトが出ると共に、自分の休日どこか一か所にでも予約が取れればと毎月予約を入れている。

だけど今月、初めて予約が取れなかった。

行ける日すべての予約が埋まっていて、どう頑張っても無理だったのだ。

毎月欠かさず通っていたのに、まさか行けない月があるなんてとショックを受けたのは四月下旬のこと。

その予約の取れなかった五月の予約が取れるということ？

【五月の予約が取れるのですか?】

気付けば無意識にそう打っていて、そのまま送信しそうになってハッとした。

挨拶もなくいきなりこの内容は失礼すぎる。

「落ち着け……落ち着け……」

ぶつぶつと独り言を呟きながら文面を打ち直し、読み返す。

【こんばんは。先日はありがとうございました。ル・シャルル、私、毎月行っているお店なんです。五月の予約が取れるのですか?】

修正して送ったメッセージにはすぐに既読がつき、返信もすぐに返ってくる。

【あの席でスイーツ好きだと伺ったのですが、そうだったんですね、常連だ。はい、五月です。ご都合よければ】

もうすぐに反応するのはやめておこうだとか、そんなことは考えてもいなかった。

【都合いいです。お願いします!】

そう送ると希望の日程を尋ねるメッセージが届き、そこでやっと「あっ……」と我に返った。

ゴールデンウイークも過ぎた五月中旬。

電車に揺られる私は、なんとも複雑な感情で車窓からの景色をぼんやりと眺めていた。

日を改めてふたりきりで会えないかという、桐生さんからのお誘い。

当初は断るつもりでいたことは間違いない。

それが、〝思わぬ中身〟で行く方向に進んでしまった。

予約が取れず落ち込んでいたところに舞い込んできた、五月のル・シャルルに行けるという朗報。

桐生さんとふたりきりで会うことを避けたい気持ちより、予約の取れなかったル・シャルルに行けることのほうが、天秤《てんびん》にかけたらずしっと重かった。

だけど約束した日が近づくにつれ、本当にいいのだろうかという気持ちが膨らんだ。

そもそも会うことをお断りする方向でいたのに、ル・シャルルで会うとなったらほとんど悩まず行くことを調整していたのだ。

これでは見事に食べ物に釣られただけという感じ。

桐生さんと再会することになったあの食事会の席だって、ドルチェプレートに釣られて参加したけれど、考えてみれば今回も全く同じパターンだ。

スイーツが絡んでくると、どうも学習能力がないというか、なんというか……。

それなのに、この間のアルコバレーノのドルチェプレートは、桐生さんとのことがあったせいで百パーセントは味わえなかった。

一体なんのために参加したのかわからないし、これぞ本末転倒というやつだった。

下車する東京テレポート駅が迫り、手元の時計を確認する。

予定通り、約束の午後四時まであと十五分だから、お手洗いに立ち寄って待ち合わせ場所に向かえばちょうどよさそうだ。

何度考えても検討もつかないけど、折り入って相談って一体なんの相談なんだろう……？

駅のトイレでメイクのチェックをし、改札へと向かう。

この間の食事会で会ったのが、ほとんど初対面のような関係。

そんな相手に対しての折り入っての相談事とは、私の経験と知識では思い付きもしない。

もしかしたら、何か高額の物を買ってほしいと言われる詐欺とか……。

もしくは、宗教の勧誘？

いや、それとも、独身女性を狙って結婚詐欺なんてこと……！

思い付くことは、ろくでもないマイナスの内容ばかり。

全くいい方向には考えられず、それに比例して約束の場所に向かう足が重くなっていく。

だって、プラスの内容になんて頭が働かない。

それだけ、私がこれまで男性との交流にいい思い出がなかった証拠なんだろうけど、それにしても酷すぎる。

とにかく、行くと決めたのはル・シャルルでの約束という特典があったからで、自分で了承したことだ。

余計なことは考えないで、桐生さんには素直に感謝しかない。

もし、その相談事が私の考えるマイナスの内容だとすれば、丁重にお断りすればいいだけのこと。

そして、もうお会いしなければいいだけだ。

今日だけ。ル・シャルルのため。そう言い聞かせて足を進める。

待ち合わせ場所は、駅からすぐの複合施設。そこが近づくと、入り口前に桐生さんの姿がすでにあり、途端に姿勢がしゃんとする。

一気に緊張が押し寄せたのは、桐生さんの格好が今日はスーツだったからかもしれない。

前回の食事会の席では、ネイビーカラーのセットアップに、インナーはホワイトのVネックシャツというきちんとしながらもカジュアルさもある格好だった。

だけど、今日はなぜかブラックの三つ揃い。

自分の格好を思わず見下ろす。

今日はオフホワイトのレースのタイトスカートに、スモークブルーのデザインニットというコーディネートだ。

ル・シャルルにはもう何度も行っているけれど、そこまで正装を強いられる店ではないと思われる。

ラフすぎる格好で行くところでもないけれど……。

もしかしたらこの約束の前に、何かスーツで行かなくてはならない予定があったのかもしれない。

ぐるぐるとあれこれ考えているうちに、約束の場所に来てしまったことを実感していよいよだと覚悟を決める。

足早に近づいていくと、桐生さんはすぐに私の姿に気が付いた。

「すみません、お待たせしました」

「いや、全然待ってないから、大丈夫」

対面して立つのは、なんだかんだ三度目のことだけど、やっぱり身長が高い。優に百八十センチメートル以上はあると思われる。

「じゃあ、行きましょうか」

「あ、はい」

ル・シャルルへと向かって桐生さんが歩き出し、半歩後ろをついていく形で動き出す。

こういうときって、何を話せばいいんだろう。

お互い無言のまま特に会話もない状態で、なんとなく居心地が悪い。

だからといって、会ったばかりで何か話題を切り出す勇気もなく、ただ黙って歩いていく。

「今日は、出てきていただきありがとうございました」

「えっ、あぁ、いえ！」

地面の先のほうを見て歩いていると、不意に声をかけられ驚いてしまう。

顔を上げると、桐生さんは振り向きこっちを見ていた。

その流れから横に並んで歩き出す。

「ル・シャルルは、お気に入りのお店なんですね？」

「あ、はい。毎月一回は行っています。コースのメニューが変わるので」

「ああ、なるほど」

「でも、五月の予約が今回初めて取れなかったので、今日お誘いいただけて助かりました」

助かりました、はおかしな話だけど、実際助かったのは確かなこと。

桐生さんのこの誘いがなければ、ル・シャルルの五月のコースは味わえなかったのだ。

「本当にスイーツ好きなんですね」

「はい。女友達にも引かれるくらい好きで……」

「前回の食事会のときも、となりにいたご友人に言われてましたね。体がスイーツでできてるとかなんとか」

あのとき、確か佳純が向かいの男性たちにそんなようなことを言っていた。

私のことをフォローするためにスイーツ好きと話し始めたときだ。

桐生さんは話に入っていなかったと思うけど、聞こえていたのかな……？

「でも、そんなスイーツ好きのわりには、そうは見えませんよね」

「え？」

「宇佐美さん、痩せていますし」

「へっ……そ、そんなことないです！　痩せてなんか」

思わぬ話の展開に無駄にきょどってしまう。

全力で否定する私を、桐生さんは目尻を少し下げてクスッと笑った。

横顔からでしか目撃できなかったけど、こんな風に笑う人なんだとどきりとする。

「まぁ、スイーツ目当てでも来てもらえてよかった。会ってもらえないと、話もできなかったから」

ライトなやり取りの中、本題がちらりと顔を覗かせてわずかに緊張に包まれる。

私はル・シャルルのスイーツを楽しみに来たけれど、桐生さんは私に折り入って相談があるから今日の約束を取りつけたのだ。

ル・シャルルは、台場の景色が楽しめるラグジュアリーホテル内に入っている。

宿泊利用はしたことないけれど、ル・シャルルがこのホテルの二階に入っているので何度も来たことはある。

「桐生さま、お待ちしておりました」

ル・シャルルに到着すると、いつも案内で出てくる初老の男性が今日も店頭に現れる。

小柄でひげを蓄えたその雰囲気が、執事のようだなといつも密かに思っている。

常連とまではいかないけれど、毎月予約をして来店している私のことを覚えてくれていたようで、特別な目配せを受けた。

いつもはひとりで来店するのに、今日は桐生さんとふたりで来店。

どんな風に思われただろうと、ふと考えてしまう。

落ち着いたヨーロピアン調の店内に案内されると、今日は初めて奥のテーブル席に通された。

今まではひとりだったから、シェフがスイーツを盛りつけたりするのを目の前で見られるカウンター席に通されていた。

「宇佐美さんが毎月食べに来てるのって……このコースかな?」

「あ、はい、そうです」

革張りのメニューを開いた一番上にある〝季節のコース〟を指さして見せ、桐生さんは確認する。

私が返事をすると、桐生さんは待機する初老の男性に「コースで」とオーダーした。

「雰囲気のいい店ですね」

ふたりきりになると、桐生さんは店内の様子を窺いそんな感想を述べる。

少し控え目なオレンジの照明と、シャンデリアからのキラキラとした光。

味のあるアンティークな客席は、ベロア調の背板にカブリオールレッグが美しいチェアが印象的だ。

「そうですね。なんか、落ち着きますよね」

「いつもは誰とここに？」

「ひとりです」

「ひとりで？」

「はい」

桐生さんのリアクション的に、まさかひとりで通っているとは思いもしなかったようだ。

それ以上聞いてはいけないと思ったのか「そっか、ひとりで……」と呟く。

何組かテーブルにつく客を見ても、ひとりで来ている様子の客はいない。

思い返してみても、これまでひとりの客は見かけたことはなかった。

「あ……ひとりで、だなんて、引きますよね」

思い出したくない過去が蘇ってきて、自然と自嘲気味な笑みが浮かんでくる。

きっと引いただろうと思った桐生さんは、なぜだか不思議そうに私を見つめ「なんで？」と言った。

「好きなものをひとりで楽しんで悪いことなんてないよ。むしろ、最高だと思うけど」

「え……そう、ですか？」

「うん、全然引くことじゃない」

一体どこがおかしいの？といった調子で言ってくれた桐生さんに、ついじーんときてしまう。

こんな風に言ってくれる男性もいるんだと知り、なんだか嬉しい気持ちが胸をときめかせた。

少し前に去っていった初老の男性が木箱を手にテーブルへと戻ってくる。

コレクションケースのように中が仕切られたその中には、様々な茶葉のサンプルが入っていて、そこからスイーツと一緒にいただく紅茶を選択する。

桐生さんは初老の男性から紅茶の説明を受けると、私に「宇佐美さん、どれにします？」と訊いてくれた。

私は特に迷わずいつもオーダーするアールグレイをお願いする。

桐生さんはダージリンを選んでいた。

さて、ひと通りオーダーも済み、ひと段落……。

どんなタイミングで本題を切り出してくるのかと思うと身構える。

「ここにひとりで通うくらいなら、お休みの日はやっぱりスイーツを食べに？」

「はい、そうですね。行きたいところが多くて、休みが足りない感じなんですけど」

新しくできた話題のお店に、ホテルのスイーツブッフェ。ひとつのお店でも、季節ごとにメニューが変わるからお気に入りの場所は定期的にチェックをしている。

限られた自分の休みで行く場所を厳選して出かけている感じだ。

「そっか。これもひとつの趣味みたいなもんか。他には？」

「他……家で、自分で作ったりもします、お菓子」

「へぇ、自分でも。それはすごい。食べてみたいな」

注文していた紅茶がそれぞれ真っ白なティーポットに入って運ばれてくる。

一杯目は、スタッフがティーカップに注いでくれるのがこのお店でのスタイル。

縁に花の模様が入った白いカップの中には、半分の高さまで琥珀《こはく》色が注がれていく。

「失礼いたします。こちら、赤肉メロンのブランマンジェでございます」

紅茶が入ると、すぐのタイミングで他の黒服のスタッフが現れ、一品目のスイーツが載るプレートを桐生さんと私の前に置いていった。

「わ……美味しそう」

プレートの上には、シングルアイスほどの大きさのドーム形のブランマンジェが載っている。つるんとした淡いイエローのその横には、オレンジ色の赤肉メロンが添えられ、綺麗な黄緑色のソースが白いプレートの上に芸術的に垂らされていた。

「いただきましょうか」

「あ、はい。では、いただきます」

綺麗に盛られたスイーツにスプーンやフォークを入れるのは毎回もったいないという思いが付きまとうけど、その先に幸福のひとときが待っている。

艶のある半球にスプーンを入れていく。

黄緑色のソースも絡めて口に運ぶと、メロンの濃い甘さが口いっぱいに広がった。

「今日お会いできたら、見ていただこうと思ってたんですけど」

そう言った桐生さんがテーブルの端ですっと私に差し出したのは、封筒に入った一通の手紙。

「あの那覇《なは》空港発の便で宇佐美さんがご協力くださった妊婦の方、その方から会社に届いた礼状です」

「ああ、はい。先日言っていた」

「はい。宇佐美さんへの感謝の手紙でしたので」

「え？　私にですか？」

「ええ。あのとき、宇佐美さんにちゃんとお礼もできず、連絡先もわからないからと。うちの会社のほうへ手紙を出してくださったようです」

出された手紙を「いいんですか？」と手にすると、桐生さんは「どうぞ」と頷いた。

中には便せんが一枚。開いてみると、女性らしい丸みのある綺麗な字でびっしりとお礼の文章が綴《つづ》られていた。

そこには、航空会社の方々へ配慮のお礼、そしてあのとき名乗り出た私へのお礼が書かれていた。

桐生さんの言っていた通り、私に直接お礼を伝える方法がなく、航空会社へ手紙を送らせてもらったということも記されていた。

「この内容からいくと、出産されて、入院中に書いてくださったんですね。体を休めなきゃいけないときにわざわざ……」

「そのようですね。すぐに知らせたいと思ったのかもしれません」

「でも、本当によかった……」

改めてホッとしてついそう呟くと、桐生さんが正面からじっと私を見つめているのに気付いた。

目が合って、桐生さんはまた微笑を浮かべ直す。

「やっぱり、反応が助産師さんですね。気になるところはそこですよね」

そんな風に言われるのは、食い気味にその後のことを質問してしまったからだろう。

「すみません……あんな状態からの出産だったので、気になっていて。でも、教えていただけてよかったです。ありがとうございます」

「いえ。でも、本当に良かったです。俺も、これまでフライト中に陣痛っていうのは初めてで。話が入ってきたときは、内心焦りました」

冷静沈着そうで、何事にも動じなそうに見える桐生さんがそんな風に言うなんて意外だ。

空港でわざわざ挨拶に来てくれたときの様子を思い返してみても、表面上には焦りも疲労感も全く何も表れていなかった。

「そうでしたか……。飛行機に乗っていいかは、通常担当医の許可を取るもので、彼女も相談の上だったようですが。ある程度の週数なら赤ちゃんが出たいとなれば陣痛はくるものですから、自然なことと言えば自然なことなので」

「そこにも書いてありましたけど、実家のほうで親戚に不幸があったようですね。どうしても帰らなくてはいけなかったと」

「ええ……そんな事情なら、仕方なかったかも」

「でも、よく名乗り出てくれました。躊躇《ちゅうちょ》しませんでしたか？」

フォークに赤肉メロンをのせた桐生さんは、それを上品に口に運ぶ。

「それが……自分でもびっくりするくらい無意識で。気付いたらそこに駆けつけていた感じで……」

頭でどうしようかと考える前に、体のほうが先に動いていた。

あのときも思ったけど、冷静になって考えてみるとかなりハイリスクな行動だ。

「それは、自分の仕事に誇りを持って従事している証拠だと思いますよ」

「いや、そんなかっこいいものでは……」

「いえ、誰でもできることではないと思いますから。お仕事は、大学病院にお勤めだと耳にしましたが、夜勤なんかも？」

話の流れから、会話は自然と仕事のことになる。

やたら褒められて恥ずかしくなり、誤魔化すようにプレートの上に落としていた視線を上げると、ティーカップを片手にこっちを見つめていた桐生さんと視線が重なった。

切れ長の目に真っすぐに見られると、不覚にもドキッとしてしまう。

「そう、ですね……。日勤と夜勤と、シフト制で」

「不規則で大変ですね。日勤から夜勤に切り替わるときとか」

「もうずっとこの生活なので、慣れましたけど、はじめの頃はなかなか体がついていかないこともありました」

助産師を目指した時点で、昼夜問わない仕事だということはわかっていた。

仕事を始めたばかりの頃は、慣れない環境の中で覚えることが山積み、その上夜勤があることでへろへろになっている時期もあった。

だけど今は、そんな毎日が充実していると感じる。

「でもやっぱり、それでも長く続けているということは、それ以上に仕事に魅力があるということですね」

「そうですね。そうなんだと思います」

私の仕事も不規則だけど、それを言ったら桐生さんの仕事はもっと不規則なんじゃないかな……？

それこそ、時差ボケとかもありそうだし。

「私より、桐生さんのほうが不規則な生活じゃないですか？　パイロットのお仕事って、大変そうだし」

「不規則、といえばそうですかね。俺も宇佐美さんと同じでもう慣れてしまったから、特に何も感じないのが正直なところですけど」

「あの、私の素朴な疑問なのですが、国内線も国際線も両方担当されるんですか？　それとも、国内だけとか国際線担当とか、決まっているとか？」

これまで飛行機のパイロットをしている人とこんな風に話す機会に恵まれず、航空業界のことは全くわからない。

だから、いろいろ聞けるかと思うと次々と質問が思い浮かんでくる。

「国内線も国際線もどっちも担当しますよ。人によっては、国内線ばかり飛ぶパイロットもいますし、俺みたいに両方もいるし。逆に、国際線オンリーってパイロットも」

「え、その違いってなんなんですか？」

「んー……生活スタイルの好みかな。家族と毎日顔を合わせたいっていうパイロットなら、国内線で早朝から飛んで、夕方には仕事を終えて帰宅するっていうスタイルで。逆に一カ月に国際線を何回か飛んで、月の半分はオフにしてるパイロットもいる。俺の父親なんかはそのスタイルで、趣味のほうに時間を取りたいからとかって」

「えっ、ちょっと待ってください。お父様も、パイロットなんですか？」

さらりとすごいことを言われて、つい会話を止めてしまう。

お父様もパイロットだなんて知らなかった。あの食事会のときに出た話題だったのかもしれないけど、私は聞いてない。

「ああ、そうなんだよね。自営業でもないのに親子で同じ職業って、なんか珍しいのかな」

「親子でパイロットなんて初めて聞きました」

「そっか、そういうもんか。まぁ、そんな感じで、俺は単純にどっちも飛びたいから両方フライトしてるけど」

パイロットの仕事について聞けたのは収穫だけど、桐生さんのお父様もパイロットだという思わぬ収穫も得てしまった。

すごい、エリート一家なんだな……。

「桐生さんがパイロットを目指されたのは、やっぱりお父様をみて憧れてですか？」

「まぁ、そうなるのかな。物心ついた頃から、よく空港には連れていってもらってたから、飛行機が身近だったっていうのもあるかもしれない。子どもの頃に、父親の仕事に憧れてたのは大きいかな」

食べ終えたプレートが下げられていき、次に出てきたのは可愛らしい枇杷《びわ》のプチタルト。艶っとした枇杷のコンポートが乗り、ミントの緑が飾られている。

「宇佐美さんは、今の仕事に就いたのはどうして……？」

「私も、進路を考えるずっと前の頃から、助産師になろうと思っていたんです」

「それは、やっぱり身近に助産師の人が？」

「実家の向かいが、助産院だったんです」

「へぇ、実家の前が」

「はい。だから、赤ちゃんを目にすることも多くて。そこの院長がすごく温かい人で、いつの間にか憧れていたんだと思います。いつも『可愛い天使が生まれてきたわよ』と教えてくれてました。そこで出産したお母さんたちが、よく産んだ子を連れて遊びに来ていたんですよね。きっと、また訪れたくなるような温かい場所だったんだと思います」

私の話を黙って聞いてくれる桐生さんは、真面目な面持ちで頷いている。

そして「そっか」と薄い唇に微笑を浮かべた。

「じゃあ、身近に目標となる人がいたんだね。初めて会ったときから、きっと仕事に対して志の高い人なんだろうなとは思っていたけど」

「志……と、言えるのかはわからないですけど、やっぱり助産師になってよかったなって、日々思ってます。なんだろう……出産って、人の人生の中ですごく大きな出来事のひとつだと思うんです。そのお手伝いができる仕事って、すごいことなんだなっていつも思いながら携わっているというか――」

するすると言葉が出てきていて、急にハッとしたように言葉を止める。

桐生さんが話を聞いてくれるから、つい自分の話をべらべらと……!

「あ、すみません……私、ひとりでずっと喋ってしまって」

「え? そんなこと全然。むしろ、いろいろ話してもらえて嬉しいよ」

そんな風に言ってくれているけれど、これは私の中でかなり喋りすぎている。

男性と一対一で話す機会自体そんなにない私だけど、こんなに自分のことを話したことなんて今までない。

少し付き合った相手にですら基本は聞き手で、自分のことを話したことは記憶に残っていないくらい少ない。

桐生さんが話しやすい雰囲気を発しているからなのか、不思議と自然に言葉が出てきていた。

桐生さんのほうも時間が経つにつれリラックスしてきたようで、硬い敬語が少なくなってきているように感じられる。

「そういえば、この間の会は付き合いで参加したって言ってたよね？」

「えっ……！　あ、それは、えっと」

「正確には、言いかけてた、かな。ああ、大丈夫。俺も同じような感じだったから」

「え……？　桐生さんも、人数合わせの付き合い、みたいな感じだったんですか？」

もう誤魔化さずにはっきりと口に出して訊いてしまうと、桐生さんは大したことなさそうに「そう」と頷く。

でも、それには妙に納得ができる。

だって、そんな出会いの場に自ら参加しなくたって、桐生さんなら勝手に女性が寄ってくるはずだからだ。

きっと、桐生さんが参加すれば女性陣も盛り上がるだろうみたいな理由で無理矢理誘われたのだろう。

私と同じく、あの席への参加は〝仕方なく〟という感じのようだ。

「お紅茶のおかわりはいかがでしょうか？」

初老の男性スタッフが木箱を手に再び席へとやってきて、次の紅茶を尋ねられる。

次はストロベリーティーを選ぶと、桐生さんはカモミールのハーブティーを頼んだ。

改めて紅茶が入ると、桐生さんはティーカップを手に鼻を近づけ、ハーブティーの香りを確かめる。

その何気ない仕草も絵になっていて、カップを手にしたもののついじっと見つめてしまっていた。

いかんいかんと心の中で独り言を呟き、誤魔化すように入れたての紅茶に口をつけた。

「なんか、あのときと今日は印象が違いますね」

「印象、俺の？」

「はい。失礼かもしれないですけど、なんかもっと話しづらい方だと思ってました。ごめんなさい」

アルコバレーノの廊下でふたりきりで話したあのときは、どこか威圧感というか、何か切羽詰まったような感じを受けた。

だけど今日は、話しやすいし居心地も悪くない。むしろ、自分のことを必要以上に話してしまったくらいだ。

「それは申し訳なかった。そう思わせてしまったのは、俺が悪いからね。でも今日は、思ってたより話しやすかった？」

「はい！　おかげで、無駄にいらないことまで喋ってしまった感じです」

桐生さんの口元に薄っすらと笑みが浮かぶ。

「そっか」と言い、手にしていたカップに口をつけ、それをソーサーに静かに戻した。

「それなら、今日会ってもらった本題に入っても問題ないかな」

「あ、そうでしたね。まだ伺ってませんでした」

今のところただスイーツを食べに来た約束みたいになっているけれど、まだ会うことになった本来の目的は明かされていない。

そういえば、そのために会ったんだったと思いながら、こっちを見据える桐生さんを見つめ返した。

「俺と、結婚してもらえませんか。契約結婚という形で」

え……？

出てきた内容に頭がついていかず、ただ桐生さんの顔をじっと見つめ続けていた。

――――Side Nao

それまで見せてくれていた笑みが、その表情からふっと消える。

肩の力も抜けていい感じに話してくれていたのに、この話題を出した途端、彼女の表情が固まったのを目撃した。

無理もない。

今日で会うのは三度目なのだから。

どうしても、と頼み込まれて顔を出すことになった食事会という名の合コン。

この手の誘いは大抵断っているけれど、今回は急遽人数が足りなくなったとかで『いるだけでいいから!』と頼み込まれて渋々の参加だった。

その席で、なんの因果か、先日機内で起こった非常事態に対応してくれた助産師の彼女に再会した。

こんなところでまた会ってしまうとは、と驚きながら、会が始まってみると、相手側の席で彼女だけが全く俺に対して見向きもしなかった。

というか男性陣の誰にも興味がない様子で、夢中になっているのは目の前に出てくる料理だけ。

結婚願望があるかないかと、それらしい話を男性陣から振られると、はっきりきっぱりと『結婚願望はありません』と答える始末で、内心おかしくて吹き出しそうになってしまった。

こういう場所に来て全力で答える回答か？

そんなツッコミを心の中で入れながら、それならなんでこんなところに参加しているのかと、逆に興味が湧き始めていた。

極め付けには、話しかけてきたかと思えば『あのときの妊婦の方は……』と、全くその食事会とは関係のないことを真顔で訊かれ、拍子抜けしてしまった。

出会いを目的とした合コンという席で、品定めするような女性の視線と自分を売り込む態度が苦手だった。

適当に距離を保ってやり過ごそうと、あの日もそう思って参加した。

けれど、彼女は違った。今まで俺が会った女性とは違うかもしれない。

そんな直観が働いて、その場で連絡先の交換を迫った。

その後、なんだかんだすぐには連絡ができなかったものの、いざ連絡をしてみると、彼女は俺からの誘いよりも〝誘われた内容〟に食いついた。

相当なスイーツ好きだという情報をもとに選んだ場所だったけれど、どうやら正解だったようだ。

下手すれば迷わず断られてしまうかもしれないと踏んで、用意周到に約束の場所を選んだのが功を奏した。

ル・シャルルの名前のおかげか、前向きな返事をくれた彼女。約束のやり取りをしながら、食事会での様子を思い出し、ついひとりクスッと笑っていた。

契約結婚の交渉するために会う約束を取りつけたけれど、単純に会うのが楽しみだという気持ちが芽生えていたのは間違いなかった。

だから今日だって、大好きだというスイーツを目の前にして目がキラキラと輝いている彼女を見て、温かな気持ちが心に流れ込んでくることを感じていた。

決して、彼女の笑顔を消したかったわけではなかったのに。

本題を切り出した途端、流れる空気がピンと張り詰めたのを肌で感じた。

「俺と、結婚してもらえませんか。契約結婚という形で」

突然の申し出に絶句する彼女を見ながら、無理もないか、と内心ため息をつく。

三度会っただけの相手からいきなり〝結婚〟なんてフレーズが出てきたら、普通の神経なら固まってしまうのが正常だ。

俺自身、こんな話を女性に切り出すのは初めてのこと。

予想はしていたけれど、こんなに空気が一変してしまうなんて思っていた以上だ。

周囲からの結婚への圧が強まってきたのは、一年ほど前からのこと。

望まぬ見合いをさせられ、結婚を急《せ》かされる。

そんな生き急ぐようにして結婚しても誰も幸せになんかならないのに、身を固めることが重要だと両親には言われてしまった。

「え……あの、それは、どういう……？」

やっと言葉を発した宇佐美さんは、せわしなく俺とテーブルの上とに視線を彷徨《さまよ》わせている。

何をどう訊いたらいいのかもわからないといった状態だろう。

「その通りの意味です。契約結婚という形で、一緒になってもらえないかと」

「契約、結婚、て……意味がわからないです。そもそも、どうして私にそんな話を？ 桐生さんならそういったお相手がたくさんいると思いますけど」

「そういった相手？」

「そうです。お付き合いされている方とか、そうじゃなくてもそうなりたい方だって、たくさんいるはずですから」

「今、付き合っているような特定の相手はいません。俺は、宇佐美さんがその相手にふさわしいと思ったから、こうしてお願いしているんです」

恋愛結婚できれば、それが一番いい。

しかし、自分にはそれは無理なんだと、とうの昔に諦めている。

学生の頃から、付き合う相手とは長続きしなかった。

その理由は、ほとんどが相手の心変わり。

他に好きな男ができたと先に言ってくれるのはまだ親切なほうだが、二股をかけられていたこともあった。

『七央って優しいけど、物足りないんだよね』

はじめはみんな、決まって優しいところが好きだと言った。

だけどそれはいつの間にか物足りないに変わり、別のところへと心変わりしていく。

幼い頃から『女の子には優しく』と両親、特に父親に教育され、それが当たり前だと思ってきた。

父親自体が母親を目に余るくらい過保護に愛し、俺の下にふたりいる妹たちも同じように溺愛されていた。

女性には優しくすることが当たり前の環境で育った俺は、好きになった相手にはもちろんひたすら優しく接していた。

しかし、女というものは優しいだけの男には飽きるのだと思い知った。

少し振り回されたり、危ない香りのする男のほうが魅力的なのだろう。

俺から離れていった過去の女たちは、決まって俺に物足りなさを感じていた。

そんなことを繰り返すうち、女性との特別な関係を築くことにうんざりしてしまった。

優しくすればつまらない男と言われるなら、それもやめる。

近づいてきた女は適当にあしらって距離を置き、真剣に付き合うこともなくなった。

パイロットを目指し私大の航空科に進むと、二年次から十五カ月間、飛行訓練のためにアメリカへ留学をし、免許の取得に力を注いだ。

フルライセンスを取得し今の会社に入社してからも、わき目もふらず仕事に専念して、女性との付き合いを敬遠する生活を送った。

こんな風になってしまった俺に、もう女性とのまともな付き合いをするなんて不可能なことで、恋愛結婚は望めない。

だからといって、幸せな結婚を求めてお見合いに臨んでいるような女性と、一緒になる勇気もない。

ロクな恋愛経験もない男が、結婚という形になったからといって、いきなり妻を幸せにできるとは到底思えないからだ。

見合いをしていざ結婚生活に入ってみたら、きっと俺は〝物足りない夫〟となるだろう。

妻となった相手に、他で自分以外の男との関係など持たれたら、それこそもう二度と立ち直れない。

だから敢えて、契約結婚という形で身を固められたらと考えた。

その相手に相応しいのは、結婚願望がなく、俺に対しても興味を示さなかった相手。そして、自分の仕事に誇りをもって従事していることが重要だと思っている。

機内の非常事態に対応してくれた彼女、宇佐美さんは完璧だった。仕事に誇りを持っていて結婚願望もない。俺の探し求めていた条件を、彼女はすべて満たしていた。

だからあの日、迷いなく彼女に声をかけた。

これを逃したら、次にいつ自分が求める女性に会えるのかわからなかったから。

「ふさわしいって……私、あの日も言いましたけど、結婚願望とかなくって、だからいろいろとまだ考えられないというか――」

「俺も同じです。結婚願望なんてない」

「え……じゃあ、どうして」

「両親に、身を固めるように迫られて、何度か見合いもさせられていて……でも、縁談を進める気にはなれなくて。今は、上手いこと逃げているところです」

くっきりとした大きな二重の目を持つ彼女のその目が、更に大きくなったのを目撃する。

少し同情を買うくらいでもいいと思っている。

それで、聞く耳を持ってくれるなら構わない。

「結婚して幸せになりたいと思っている相手とは、一緒になるなんて無責任なことはできない。だから、結婚を望んでいない相手と、契約という形で一緒になることを望んでいる」

「契約……」

「あらかじめ、お互いの都合のいいように細かなことまで約束事を決めておく。どちらにとっても不利益が生じないように」

少しでも話に反応をみせたところで畳み掛けていく。

しかし、この話を始めてから彼女のスイーツを食べる手がぴたりと止まってしまっている。

あまり焦ってはいけないと気付き、落ち着くためにティーカップを手に取った。

「急にこんな話を持ち掛けられて驚くのは無理ない。あまり緊張せず、さっきみたいにリラックスして話しましょう。次が出てくる前に、どうぞ食べてください」

怯えさせないことが最重要課題。

一方的に要求だけしても、それでは彼女が引くだけだ。

再び彼女の手がフォークを手にし、残っているタルトへと向かうのを目にしながら、話の運び方を整理する。

「あの……それって、周囲に対して、夫婦のフリをするということですか？」

再びタルトに取り掛かり始めた宇佐美さんから思わぬ質問が出された。

この話を処理しきれず、彼女から何か質問をすることも難しくなってしまうかと想定していたが、案外話は進めやすいのかもしれない。

「まぁ、表向きはそういうことになるのかな。そうしてもらうのが、俺が契約結婚を望んでいる一番の理由だから」

実は大切な女性がいて、彼女と結婚することになった。

そう周囲に宇佐美さんを紹介する。

そうすれば、両親もうるさく結婚について口を出してくることはなくなるだろう。

「宇佐美さんは、結婚するということにしたほうが都合がいいことはありませんか？

例えば、俺のようにご両親に結婚を勧められていたりだとか。まだ仕事に専念したいと思っているのに、うるさく言われているとか」

「両親は、もう他界しています。なので、私はそのようなことは……」

まさか両親共にもう亡くしているとは知らず、無神経なことを言ってしまったとハッとする。

契約とはいえ、結婚を申し出るには彼女のことをまだ知らなすぎる。

「そう、だったんだ……申し訳ない、何も知らずに」

「いえ。母は、私が高三のときに癌で亡くして、父も亡くなってもう四年になります。なので、身内は二歳下に妹がいるだけなんです」

「そっか、妹さんが」

「妹は、もう結婚して子どももいるんですけどね。ああ……その妹が、私の心配はしているみたいですけど。彼氏もいないし、お姉ちゃんこのままずっとひとりでいる気？とかって」

この話が始まってから表情が硬かった彼女に、やっとわずかに笑みが浮かぶ。

妹さんの話で表情を緩めるということは、きっと仲のいい姉妹なのだろう。

早くに両親を亡くし、姉妹で寄り添ってきた部分もあるのかもしれない。

「じゃあ、妹さんを安心させるためにも、俺と一緒になってください」

「え、いや、あの……」

再び話を迫ると、宇佐美さんは思い出したように動揺する。

そして、何を思ったのかそれまでより急に姿勢を正し、真っすぐにこちらを見据えた。

「申し訳ないですが、契約結婚なんて私には無理です」

きっぱりと言うからには、彼女なりにこの話に対して何か思うことがあるのだろう。

もちろん、こちらからの要求ばかりするつもりはない。

「それは、なぜ？」

そう訊くと、宇佐美さんはテーブルの上に視線を落とす。

「結婚願望はないと、さっき言いました。だけど、いつか結婚をすることがあれば、ちゃんと恋愛結婚したいって思ってます」

彼女の考えは、まさに俺の思うところと一緒。全く同じことを考えている。

本物の結婚をするなら、それは見合いなんかではなく恋愛結婚が一番いいに決まっている。

その考えまで同じだったことに、ますます彼女にこの話を承諾してもらえたらという思いは強まる。

「宇佐美さんの考え、俺も全く同感です」

「え……？」

「だからこそ、契約結婚の意味があると思いませんか？」

「契約結婚の、意味……？」

「あのとき、恋愛でいい思い出がないと仰っていましたよね。となりにいたご友人がそんな話を」

「そうですね」

そう訊いてみると、宇佐美さんはすぐに何かに思い至ったように「ああ」と頷く。

「俺も同じです。だから少し、女性は苦手で。お互いに本当の恋愛相手を探すために、まずは自分たちでリハビリしませんか？」

「リ、リハビリ、ですか？」

今は彼女がこの話に乗ってきてくれるように運ぶのが最優先。

話の内容に納得がいけば、契約結婚を承諾してくれるに違いない。

「この話は、こちらからお願いしていることです。だから、宇佐美さんの納得のいく、むしろいい条件で契約できたらと思っています。俺は、結婚したという見える形が手に入ればそれでいいので」

「納得のいく、いい条件って……私は、そんなつもりでお断りすると言ったわけでは――」

「例えば、一緒に住むにあたり、やっていただいた住まいのことはすべて仕事として報酬を出しましょう」

〝報酬〟というワードを出した途端、宇佐美さんは「えっ、そんな」と慌てる。

「あの、ということは……やっぱり、一緒に生活するということですよね」

「もちろん、そうなりますね。一応、夫婦となるので。だけど、深く考えなくていい。同居人くらいの感覚でいればいいと思います」

「同居人……」

「あとは、そうだな……毎回フライトした先で、何かスイーツを見つけてきます」

彼女が無類のスイーツ好きと知った上でそんなことを言ってみると、くっきりとした二重の瞳が一瞬大きくなるのを目撃する。

こんな話をされて困っているはずなのに、そこにはちゃっかり反応しちゃうんだなと思うと可愛くてつい笑いが込み上げてしまった。

「……と、まぁ、とにかく宇佐美さんにとっても損のない条件で契約をしたいと思っているので、考えてもらえないかな？」

改めて話を迫ると、宇佐美さんはじっと俺の目を見つめる。

目が合って数秒、逃げるように視線をティーカップへと落とし手を伸ばした。

「今、すぐ……何かお返事することは、できません」

そう言った彼女は、「そんな簡単に扱える内容でもないですし」と付け加え、紅茶に口をつける。

確かに即答できるような軽い内容ではないと、宇佐美さんに言われてハッと気付く。

答えを急ぐ自分と比較したら、彼女のほうがよっぽど冷静なのかもしれない。

「わかりました。持ち帰ってもらって構わないです。だけど、前向きに考えてもらいたい」

焦りを見せてはいけない。しかし、今がいい返事をもらえるかどうかの最後のチャンスだと思うと焦燥感に襲われる。

彼女の心を動かせる、何かとどめの言葉を――。

「人助けだと思ってもらえたら」

頭をフル回転させて出てきた自分の勝負のひと言がどうしようもなくて愕然《がくぜん》とする。

宇佐美さんからは、「わかりました」と話をしめくくるひと言が返ってきた。

5、ドラマみたいなホントの話

どのくらいの期間で返答をしたらいいのだろうか……？

高い天井をぼんやりと見上げながら、小さく「ふう」と息をつく。

もう一週間以上は経つけど、どっちにしてもそろそろ連絡しないとかな……？

悶々《もんもん》とそんなことを考えていると、かけているソファーの座面が揺れる。

「ゆかちゃー、だっこ、だっこ」

ぽけっとしているといつの間にかとなりで杏莉がソファーをよじ登っていて、私の膝の上へと乗ってきた。

夜勤明けの休み。今日は夕方から佑杏の家へと遊びにきている。

新しいオーブンを買ったからご飯をご馳走すると言われ、この間遊びに来た日に約束していたのだ。

当初誘われた日は、例の食事会の先約があってダメだったから、改めて予定を立て直した。

「杏莉ー、ゆかちゃお腹いっぱいだよ。杏莉はいっぱい食べたかな？」

「えー、お姉ちゃんまだ食べられるでしょ？」

抱っこした杏莉にそんなことを話しかけていると、佑杏がトレーを手にキッチンからやってくる。そこには、私が今日お土産に買ってきたフルーツタルトが切り分けられて載っていた。

「私のはいいのに。佑杏と成海先生とで食べればいいじゃん」

「あんなたくさん食べきれないよ。食べていきなよ、もう入らないの？」

「いや、大丈夫。甘いものは別腹だから」

「だよね。訊くまでもないね」

キッチンでは、佑杏の旦那様、成海先生が紅茶を淹《い》れているのが見える。

呼吸器外科の専門医として忙しい日々を送っている中、プライベートではいつ見ても家族を大事に、一緒に過ごす時間を大切にしている。

さっきも、佑杏とふたり楽しそうにキッチンで料理をしているのが見えて、仲のいい夫婦でいいなぁと羨ましく思った。

何より、佑杏が幸せそうな顔をしているのを見られるのが私は嬉しい。

「ねぇ、今日ずっと聞こうと思ってたんだけど、聞いてもいい？」

「え？　うん、何？」

「何じゃないよ、例の食事会はどうだったの？」

佑杏が切り出したタイミングで成海先生が紅茶を持ってやって来て、心の中で「う……」と喉が詰まる。

そんな私の様子に気付くこともなく、佑杏は「あのスカート、穿いて行った？」なんて楽し気に訊く。

なんでこのタイミングでその話を出すの！

心の中で真横の佑杏にツッコむ。

姉妹なんだから、私の心の声が聞こえるでしょー！

「おっ、なんか俺がいたら佑華さんが話しづらそうな話が始まる？」

なぜか成海先生がこの雰囲気を察してくれて、紅茶を並べると、私へと両手を差し出し杏莉を預かるというポーズを取る。

「あ……いえ、そんなことは」

杏莉は「パパー！」と成海先生に抱っこされ、嬉しそうに首元にしがみついた。

「よし杏莉、パパと向こうで遊んで、お風呂も一緒に入ってくるか」

成海先生が杏莉にそんなことを提案すると、すかさず佑杏が「え、晴斗さん」と腰を浮かせる。

「ひとりで大丈夫ですか？」

「ああ、大丈夫だよ。たまには姉妹でじっくり話し込みたいだろ」

普段は杏莉をみながらだから、会話は途切れ途切れになるのが当たり前。

そんなことも知っていて、成海先生は気遣ってくれているのだろう。

夫としても父親としても本当にできた男性だ。

「はい、杏莉、佑華さんとママにバイバーイは」

成海先生に促されて、杏莉が「バイバーイ」とぶんぶんと手を振り可愛いバイバイをする。

私と佑杏の「すみません」を背中に受けて、杏莉を抱いた成海先生は奥へと去っていった。

「もう、佑杏が微妙なネタ出すから、成海先生気遣ったんじゃないの」

話しづらそうなんて言われた時点で間違いない。

〝例の食事会〟とか、〝あのスカートは穿いて行ったのか〟とか、浮かれた話にしか聞こえないし……。

私に睨《にら》まれた佑杏は「だね……」と苦笑いをしてみせる。

「後でちゃんと謝るよ。でも、せっかくゆっくり話していいって時間もらったんだもん。じっくり聞かせてもらうからね。じゃないと、晴斗さんに悪いし」

そうきたか……。

そんな言い方をされてしまうと、抗議もしにくくなってしまう。

「……スカートはクリーニング中だから、次来るときに持ってくるよ。ありがとね」

「あ、ちゃんと使ってくれたんだね。よかった。で？　どうだったの？」

成海先生が持ってきてくれたティーポットから紅茶を注ぎながら、佑杏は早速ワクワクした調子で訊く。

「どう、って……」

佑杏には、すべて包み隠さず話すつもりでいる。

でも、どこから話したらいいんだろう。

この間の沖縄旅行の帰りの飛行機での一件から、あの食事会で偶然に再会して、それから個人的に会ってほしいと言われて、契約結婚の話を持ち掛けられたこと……？

なんか話が初めからぶっ飛んでて、すべて話すにしても壮大な話になってしまいそうだ。

「相手、どんな人たちだったの？　イメージだけどさ、看護師さんたちの合コンとか、なんか商社マンとかさ、そういうエリートとしてそうなイメージっていうか」

「相手は、航空会社の人たちだったよ」

「え、航空会社？」

「うん、パイロットとか、整備士とかの専門職の人たち」

「へ〜、やっぱなんかすごいね」

自分の分の紅茶を注ぐと、佑杏はソファーに座り直しカップに口をつける。そしてにやりと意味深に笑い「で、いい人いた？」と早速遠慮なしの質問を繰り出した。

「いい人って……別にそういうのは……」

「え、何その微妙な反応は。何？　なんかいい出会いがあったわけだね⁉」

「いい出会いっていうか、この間、沖縄行ったじゃん？　実はその帰りの飛行機でね、機内で産気づいた妊婦がいて」

そう言うと、佑杏は「えっ」と驚いた声を上げる。

「うそ、ドラマみたいな状態じゃん。その妊婦さん大丈夫だったの？　陣痛が飛行機でって辛すぎる……」

出産を経験している佑杏は、陣痛の辛さを知っているだけあって苦い顔を見せる。

「羽田に着く少し前だったからね。子宮口もまだ五センチしか開いてなかったし、着陸後にそのまま搬送してもらえたから。その後病院でお産になったんだけど、無事安産だったみたい」

「え、子宮口って……お姉ちゃんまさか、その対応したの？　飛行機の中で」

「あー……うん、一応」

そう言うと、佑杏は大きな目を見開いて固まる。「マジか……」と呟いたあたり、相当驚いたようだ。

「さすがお姉ちゃんだわ。普通、名乗り出る自信ある人って少ないと思うよ、そういうとき」

同じようなことを桐生さんにも言われたな、と思い出していると、佑杏は「ん？」と視線を上向けた。

「え……なんでこの話になったんだっけ？　この間の食事会でいい出会いあったの？って訊いて、なんで沖縄旅行の話になるの」

「あー、だから……その、私が乗ってた飛行機の機長だった人がね、その食事会に来てたんだよ」

「……えっ、嘘！　え、で、『あのときの……』みたいな？　やだ、運命の再会じゃん！」

運命の再会……なんて言うと聞こえはいいけど、別にそこからお互いの感情が動いたわけではない。

動き出したのは、どこか非情な関係。

「で？　やっぱりその人といい感じになったとか？」

カップを置いて代わりにフルーツタルトのお皿を手に取った佑杏は、「いただきまーす」と、上に載る葡萄《ぶどう》にフォークを刺した。

大きな葡萄を大口を開けて一口で食べる。

「いい感じにはなってないかな。ただ、契約結婚をしてほしいって交渉されてる」

「っ……!?」

慌てて口元を抑えた佑杏は、喉でも詰まらせたように顔を赤くしてむせだす。

「え、ちょっと、大丈夫？　ちゃんと噛んで食べなよ」

そう言うと、口を抑えたまま抗議の眼差しを私に向けた。

「お、お姉ちゃんがすっごいこといきなり言うからじゃん！　何、契約結婚って!?」

そのフレーズを出せば少なからず驚かれることはわかっていたものの、いざ切り出すと自分の心臓がドキドキ高鳴っていることに気付く。

タルトの載る皿を置き「わかるように一から説明して」と言う佑杏に、ゆっくりとことの顛末を語っていった。

「ドラマじゃん。そういう話、ドラマであったよね？」

ひと通り話を聞いた佑杏は、興奮冷めやらぬ様子でそんなことを口にする。

話を聞いている間、相槌すら興奮気味で鼻息が荒かった。

「あったね……見てなかったけど」

「そういうのって、フィクションの話だと思ってたんだけど、現実世界にもあるものなの？」

「私も同じこと思って、調べてみたんだけど……実際そういう形で結婚してる人もいるみたいね、世の中には」

俄《にわ》かに信じがたいことだった。契約結婚なんて、本当にそんな形で結婚する人なんているのかと。

しかし調べてみると、この間桐生さんが言っていたような、互いの条件を出し合って結婚する人たちがいることを知った。

事情はそれぞれだけど、契約結婚という形は確かに存在している。

「えー、でもすごいじゃん！　さすがお姉ちゃんだよ、パイロットとかなんかすごいし、かっこいい！」

「あのねぇ……私はそんな浮かれた気分じゃなくて」

「で、どうするの？　するの、その契約結婚」

「え？　そんな、簡単に言わないでよ……」

あの日の別れ際、桐生さんは「いい返事を期待しています」と言って立ち去った。

それ以降は特に返事を催促されることもなく、連絡は入ってきていない。

〝契約結婚〟なんてフレーズを出されたとき、驚きすぎて頭が真っ白になった。

なんの冗談が始まったのか、と。

だけど、桐生さんに冗談を言っているような様子は全くなく、それどころか大真面目に交渉を始めた。

身を固めないといけない状況と、自分の気持ちがついていかない苦痛。

彼にとって、そのどちらをも解決できる方法が契約結婚だという結論にたどり着いたのだろう。

そこでどうしてその相手に指名されたのかはわからないけれど、彼の挙げた条件によると、職を持っていて、自分と同じように結婚に興味のない女性を探していたというところに、たまたまタイミングよく私が現れたというだけのようだ。

どうしてあのとき、その場ではっきり断ることをしなかったのか。彼と別れてからその後悔に襲われた。

決して脅《おど》されたり、断れない雰囲気を作られたりしたわけでもない。

桐生さんが真面目で真剣に相談してきたから、簡単に即答することができなかった。

だけど、ひとりになって落ち着いて考えてみても、やっぱり物凄い話を持ち掛けられたと思う。

「その話、乗ってみてもいいんじゃないかなって、私は思うけどな」

返答に困って黙り込んでしまっていると、佑杏が突然そんなことを言う。

思わず「へっ⁉」と素っ頓狂な声を出して反応してしまった。

「いやいやいや、何を言って――」

「だってお姉ちゃん、今付き合ってる人も気になる人もいないんだよね？」

「それは、いないけど……」

「だったら、全然悪くないと思う」

「悪くないって、そんな無責任な……」

「だって、〝契約結婚〟なんでしょ？　嫌だったら契約解除すればいいんだよ」

知った口調でそう言った佑杏は、再びお皿を手に取りタルトにフォークを入れる。

「契約解除すればいいって、そんな、会社じゃないんだからさ……」

「相手だってそう言ってたんでしょ？　お姉ちゃんの損のないように、都合のいい条件を契約内容に入れてもらっていいって。そんないい話ないと思うよ」

お願いしているのは自分だから、私に損になるような契約にはしたくない。

桐生さんは確かにそう言っていたけれど、そう言われたってどんな条件を出せばいいのかなんてさっぱり思い付かない。

「損のないようにったって、そんなのわかんないよ。こんなこと、初めてなんだし……」

「難しく考えなくていいじゃん。炊事・洗濯・掃除をやったら報酬出してくれるって、日本中の主婦がまさに求めてるシステムだろうし、後は、仕事は今まで通り続けたいとか、今の生活スタイルを変えたくない、とか。自分の好きなように条件出せばいいんだよ」

今の生活スタイルを変えたくない……仕事を続けたいのも含めて、それはその通りかも。

「それに、お姉ちゃんしばらく恋愛していないんだし、その人の言う通り、結婚の疑似体験ってことで恋愛モードに切り替えるにはいいかもよ！　私も、今いきなりいい条件みたいなのは浮かんでこないけど、よく考えてみたら全然悪い話じゃないと思うよ。むしろお姉ちゃんみたいな人にはすっごくいいかも」

「うーん……そうなのかな……」

「……え、もしかして相手、残念系の人だったりする？　その渋り方は。一緒に生活するのはキツイかも、みたいな」

「それは……全くないかな。むしろ、契約結婚とかしたら私が誰かに恨まれて刺されそう」

「えっ⁉」

付き合っている相手とか、特定の相手はいないとはっきり言っていたけれど、あの眉目秀麗ハイスペックな桐生さんなら、想いを寄せている女性はたくさんいるに決まっている。

選びたい放題で困らないだろうに、自ら志願するような相手では契約が成り立たないみたいなことを言っていた。

桐生さんの中で様々な条件があるようだけど、いくら考えてもわからないのが、恋愛結婚賛成派だと言っていたのに契約結婚なんかしようとしていることだ。

お見合いを進められては困るから、悠長に愛をはぐくんでいる場合ではないっていうことかもしれないけれど……。

「ちょっと、それは今から会えるのが楽しみだな」

「え？　いや、まだ話を進めるって決めたわけでは――」

「私は賛成だよ。お姉ちゃんがこの話を進めるの」

否定的な私の声を遮るようにして、佑杏はにこりと微笑む。

かと思えば、浮かべた笑みをふっと消して何故だか真面目な顔つきになった。

「お姉ちゃんはずっといいって言ってるけど、このまま本当にひとりで生きていくのかなって、私は気にしてるんだよ？」

結婚願望はないし、ひとりで自由気ままに過ごしているのが楽しいと言ってきた私に、佑杏が何か意見してくることはこれまで特になかった。

冗談ぽく「一生独身でいる気？」なんてことは言われたりしていたけれど、やっぱり本心では心配されていたことを知る。

「ごめん……そんな心配、本気でしてるとは思ってなかった」

「ああっ、別にね、お姉ちゃんは手に職持ってるし、ひとりでも問題なく生きていけると思うんだよ。だけど、なんて言うのかな……」

「……？」

「誰かと一緒にいて感じる幸せっていうのも、悪くないよって」

そう言った佑杏の表情が優しくて、その顔に釘付けになる。

愛し愛される相手にめぐり合い、その相手との愛の結晶を授かった佑杏。

今、幸せを噛みしめているからこそ、自然とそんな言葉が出てきたのだろう。

誰かと、一緒にいて感じる幸せ、か……。

「佑杏が言うと、説得力あるわ」

「え……そう、かな?」

「そうだよ。だって佑杏のとこは、私にとって理想の夫婦、家族だもん。でもさ……たとえこの話に乗ったとしても、私にはわからないと思うよ? その、誰かと一緒にいて感じる幸せっていうのは」

想い合って一緒になった佑杏たちと、私が持ち掛けられている気持ちのない契約結婚では、そもそもスタートが違いすぎる。

だって、一緒にいること自体が契約なのだから。

「それは、今はまだわからないじゃん」

「え?」

「誰とどんな形で出会って、その関係がどうなっていくかなんて。私だってそうだったよ。杏莉産んで、ひとりで生きていくんだって思ってた。だけど、晴斗さんが迎えに来てくれた。お姉ちゃんだって、契約から始まった関係がどう変わっていくかなんて、始めてみないとわからないよ」

さっきから、佑杏の言葉が妙に説得力があって、絶対に無いと思っていた桐生さんとの話を考えさせられている。

恋愛だけに限らず、出会った人間と自分がどんな関係になっていくかは、確かに関わりあっていかないと何も生まれないし、わからない。

「だから、ひとまずその話に乗ってみるのもいいんじゃないかなって思うよ。私がお姉ちゃんの立場なら、その流れに流されてみる」

「流されてみる……」

まるで操られてしまっている人のようにオウム返しをする私に、佑杏はうんうんと頷く。

「で、やっぱ無理！ってなったら、契約解除すればいいんだよ。それも契約に入れてもらえばいい。自分の都合のいいように契約すればいいだけだよ」

佑杏は「よし、ちょっと待ってて」といきなりソファーから立ち上がり、リビングを出ていく。すぐに戻ってくると、その手には紙とペンを持っていた。

「じゃ、早速考えていくからね。お姉ちゃんが不利にならない契約内容」

「えっ、本気で？」

「当たり前じゃん。真剣に考えるよ。まずは……仕事はこれまでと変わらず続けたい、でしょ――」

持ち出してきた紙に〝契約内容〟とタイトルを入れ、佑杏は箇条書きを始める。

私のことをまるで自分のことのように真剣に考えペンを走らせる佑杏に、それ以上何も言うことはできなかった。

お腹いっぱいで帰宅し、脱力するようにシングルのベッドにどんと腰を下ろす。

そのままばたっと背中を倒すと、ひとり「ふう」と息をついた。

「契約結婚、か……」

ひとりきりの部屋にぽつりと落ちる小さな呟き。

ハッと思い出したように上体を起こし、ベッドの下に置いたバッグの中に手を突っ込んだ。

がさっと折りたたまれた紙切れを取り出す。

少し右上がりの丸っこい佑杏の字でびっしりと書かれた〝契約内容〟を、改めて読み返していく。

私に質問を繰り返しながら、佑杏はこの紙を書いていった。

放っておいたら、何も考えなさそうとでも見抜いたのだろう。

さすが、我が妹だ……。

『とにかく、お姉ちゃんがどうしたいのかを教えて』

そう言われて、漠然と思い付いたことを挙げていった。

仕事は今まで通り続けたいこと。

休日は変わらず趣味に使いたいこと。

すぐに思い付いて出せたのは結局このふたつくらいで、つくづく私は独身生活と同じ状態を維持したいのだと改めて思い知った。

その他は佑杏がリードして考えてくれて、「遠慮なく条件出したほうがいいから！」と、私の立場になって紙に書き込んでいった。

基本家事は分担。それができなかった場合は報酬制とする。

予定が合うときは一緒に食事を取る。

ホウ（報告）、レン（連絡）、ソウ（相談）を大切に。

生活を共にするにあたり、相手の気持ちを尊重すること……——と、思い付いたことが箇条書きされている。

佑杏は散々唸りながら考えて、これならどう転んでも私が嫌な思いをする内容にはなっていないと自信満々だった。

何か追加事項を思い付いたら、すぐに連絡するなんて言ってたけど……。

果たして、こんなにたくさん挙げてしまっていいものだろうか。

そもそも桐生さんのほうは、お見合いをさせられてすぐにでも結婚しなくてはならない状況から逃れたいがために、この契約結婚という話をまとめたいだけであって、結婚生活を送りたいわけではないはず。

こんなつらつら条件出されても、面倒だと思われるんじゃ……。

まぁ、それでこの話はなかったことにって言われたら、それはそれでいいけど。

とりあえず手洗いをしてメイクを落とそうとベッドを立ち上がったところで、バッグの中でスマートフォンのバイブレーションが鳴り始める。

この長い震え方は電話だなと思いながらスマホを取り出し、そこに表示されていた名前に思わず「えっ」と声を上げていた。

「やだ、うそ」

あの後、桐生さんから連絡が来ていなかったのをいいことに返事を先延ばしにし、こちらからも何もアクションは起こしていなかった。

いつごろ、なんて連絡をしようかと思いながら、もう一週間以上が経過していて、さすがに返事を聞かせてもらいたいという連絡だろう。

「はい……宇佐美です」

考えもなしに、とりあえず鳴り続けるスマートフォンに応じる。

電話の向こうはしんと静かで、『こんばんは』と桐生さんの声が聞こえた。

「あ、こんばんは。先日は、ごちそうさまでした」

『いえ。こちらこそ、ご足労いただきありがとうございました』

ふたりでル・シャルルに行ったあの日、食事代は桐生さんがすべて支払ってくれていた。

ご馳走になるつもりはなかったのに、誘ったのは自分だからといつの間にかお会計を済ませていたのだ。

お恥ずかしいことに、そんな風に男性に支払いをしてもらうことに慣れていない私はついおろおろしてしまったけれど、桐生さんはスマートにその場を収めてくれた。

『今、大丈夫ですか？』

「あ、はい。大丈夫です」

答えながら、この間会って話したときのことを思い返す。

桐生さんて、こんなに声低かったっけ……？

電話越しに聞くと、より穏やかで耳に優しい心地のいい声に感じる。

『この間の話、考えてもらえましたか？』

「えっ、あ……」

ベッドに放った紙を振り返り、勢い余って「はい！」と答えてしまう。

心の中で〝あ、やばっ〟と思ったときには桐生さんが心なしか弾んだ声で『そうですか』と言った。

「あの、考えたというのは、内容をといいますか……」

佑杏の書いた紙を握りしめ、意味もなく部屋の中をうろうろと歩き回る。

『契約内容、ですか？』

「はい」

『ということは、今回の話は引き受けてもらえると、そういう解釈をしても？』

「あ、はい」

自分の運命を左右するであろう人生の選択といえる返事を、ふたつ返事のような調子で返していた。

電話の向こうから、ホッとしたような『よかった』という声が聞こえると、湧き起こった後悔が押し込められる。

『では、契約内容を詰めましょう。近いうちにもう一度会うことはできますか？』

ここで返事をすれば、本当に、本格的に、この話は進んでいく。

高鳴り始めた鼓動を感じながら、ふと脳裏に佑杏の言葉が蘇った。

『ひとまずその話に乗ってみるのもいいんじゃないかなって思うよ。私がお姉ちゃんの立場なら、その流れに流されてみる』

〝結婚〟なんてフレーズで尻込みしている部分は大きい。

でも、落ち着いて考えてみれば、契約を確かなものにすれば私にとってマイナスになることは何ひとつない。

流されて……みてもいいのかな……？

あの日、桐生さんに言われた『人助けだと思ってもらえたら』という言葉と真剣な眼差しが、とどめのように私の背中を押す。

「……わかり、ました」

私からの返事を聞いた桐生さんは、電話の向こうでまた『よかった』と微かに笑ったような気がした。

6、感情を伴わない契約夫婦

六月下旬。

今日は朝から休むことなく弱い雨が降り続いている、梅雨らしい空模様の一日。

急なお産が入ることもなく、引き継ぎをして上がった午後五時過ぎ。

更衣室に入りロッカーにしまっておいたバッグからスマートフォンを取り出すと、通知に桐生さんからのメッセージを見つける。

【病院前の道に停車してます】

そう入ってきていたのは十二分前。

私が午後五時上がりと聞いて、ちょうどその時間に到着するように来てくれたようだ。

慌てて白衣から私服へと着替え、バッグからポーチを取り出す。

電話で契約結婚を承諾したあの日から、かれこれ約一カ月。

互いのシフトと個人的な用事を摺《す》り合わせると、上手く予定が合う日が大分先になってしまった。

その間、メッセージアプリでのやり取りは何度かしたものの、桐生さんと実際に顔を合わせる機会はなく、私は相変わらず日々の忙しさに追われていた。

日に日に契約結婚の話に対する緊張も和らいでいた今日この頃だったけれど、昨晩入ってきたメッセージで気が引き締まった。

予定が合わずに話が進められなかったこの間に、桐生さんはこれから生活を共にする新居のマンションを契約したという。

メッセージのやり取りの中で、新居における条件は質問形式で訊かれていた。

通勤を考えた範囲だとか、譲れない条件だとか、住まいに関することを細かく訊かれた。

だけど、まさかすでに住まいを用意してくるとは思ってもみず、今朝入っていたメッセージで寝起きの頭が一気に冴えた。

いい目覚ましにはなったけれど、それから今日は一日ずっと気持ちが落ち着かなかった。

「……よし」

目尻が少し滲んだアイメイクを修正し、マスクのせいでよれたベースメイクをルースパウダーで整える。

更衣室をあとにし急ぎ足で、桐生さんが待っているという病院前の大通りへと向かった。

なんだかんだ最後に会ったのはル・シャルルに行った日で、直接会うのはかなり久しぶりになる。

着実に近づく距離に緊張が膨らんでいくのを感じながら、差した傘の柄を両手で握りしめる。

病院正面の正門を出、大通りで左右をきょろきょろとしてみると、門から少し離れた車道の脇に黒塗りのセダンが一台ハザードランプを点灯させて停車していた。

その車が桐生さんのものかはわからないものの、周辺に他にそれらしい車は停まっていない。

歩道から近づいていって、その車が高級外車であることがエンブレムでわかったタイミングで、運転席のドアが開かれた。

「あっ……」

そこから顔を見せたのはやっぱり桐生さんで、思わず足が止まる。

小雨が降る中にも関わらず、桐生さんは、私を見つけて降りてきてくれたようだった。こっちに向かって手招きをして、助手席側へと回る。

もたもたしていたら桐生さんが濡れてしまうと思い、小走りで車へと近づいた。

「こんにちは、わざわざありがとうございます」

「乗って」

「あ、はい」

急いで傘を閉じ、開けてもらったドアから助手席へと乗り込む。

「すみません、傘、どうしよう」

「預かるよ」

濡れた傘をこんな高級車に持って乗り込むことに抵抗を感じておろおろしていると、運転席に乗り込んできた桐生さんは私の手から傘を抜き取る。

傘を持つ私の手にほんの一瞬桐生さんの手が触れて、それだけでどきりとしてしまった。

そんなことに気を取られているうち、預かられた傘は後部座席の足元へと置かれる。

「仕事お疲れ様」

「あ、はい。すみません、職場までわざわざ迎えに来ていただいて」

「いや、構わないよ。とりあえず出すね」

今日はグレーの五分袖のサマーニットに、ブラックのスラックスというカジュアルな装いの桐生さん。

この間スーツだったのは、契約結婚の話を私に持ち掛けるからだったのかもしれないとふと頭をよぎる。

「今住んでいる部屋はここから近いって言ってたけど、通勤は徒歩？」

「あ、はい。歩いて十分くらいのところなんです」

「そうか。通勤が便利だったのに、新居に引っ越したら電車通勤になるから申し訳ないなと思って」

「電車に乗ることにはなりますけど、乗る時間は徒歩に使ってるくらいですし、通勤時間自体はそんなに変わらないので大丈夫です」

新居のマンションはお互いの通勤に便のいいところに決めてくれたようだけど、今よりは距離的に遠くなるのは仕方のないことだった。

それでも通勤しやすい路線で決めてもらったから文句はない。

徒歩十分が電車で十分になるだけだ。

桐生さんがふたりの条件を加味して用意した住まいは、高級マンションが立ち並ぶ湾岸エリアのタワーマンションだった。

最寄り駅からも徒歩数分と交通の便はとてもいい。

桐生さんも羽田空港までの通勤に好都合なのだろう。

車はマンション敷地内に入っていくと、エントランス近くの車寄せで停車する。

運転席を降りた桐生さんは助手席側へと回り、わざわざドアを開けにきてくれた。

「車は、ここで？」

「後はパーキングサービスの人間が入れてくれるから大丈夫」

車寄せのスペースは屋根もあり濡れずに降車ができる。

新居となる場所がこんなサービスの行き届いたマンションだとは思わず、到着早々圧倒されてしまった。

桐生さんに続いて重厚なエントランスを入っていくと、そこはもうホテルと錯覚してしまうエントランスホールが広がっていた。

佑杏が住む低層タイプの高級マンションも、初めて訪れたときは豪華で驚いたけれど、このタワーマンションも負けず劣らず。

本当にここに住む予定の部屋があるのかと疑ってしまう。

上背のある桐生さんを見上げて、契約結婚の話自体が本当の話なのかと、今更そんなことをぼんやりと考えていた。

天井の高いエレベーターホールに入ると、合計四基のエレベーターが二基ずつ向かい合う形で用意されていた。

そのひとつが一階で待機していて、乗り込むと桐生さんが思い出したようにカードキーを私に差し出す。

「部屋は、三十五階。これ渡しておく」

「カードキー、なんですね。すごい」

カードキーを手にすると、半信半疑の気持ちは着実に現実だと証明されていく。

「ここはコンシェルジュも常駐しているし、セキュリティ面では女性にも安心できる住まいだと思う」

「すごいですね……コンシェルジュ付きマンション……」

エレベーターは音もなくあっという間に三十五階へと到着する。

桐生さんについて向かった部屋の玄関扉が開かれると、その先では白く清潔感溢れる広い玄関が出迎えてくれた。

床は大理石。真っ白な壁は天井までが収納になっているような造りで、その一部は巨大な姿見にもなっている。

玄関だけですでに気後れしそうになって、扉を開けたまま私が中に入るのを待つ桐生さんが横でふっと息を漏らす。

「どうした？」

「あ、いや、すごい部屋だなって思ったら緊張してきまして」

正直にそう言ってみると、桐生さんは今度はふっと笑う。

「これからここに住むんだから、慣れないと」

「そう、ですね……」

それでもつい「お邪魔します」と言って中に足を踏み入れた私を、桐生さんはまたくすりと笑った。

「家具も家電もまだこれからで、今は最低限のものしか入ってないからがらんとしてるけど」

玄関先の廊下を折れて進んでいくと、リビングダイニングが現れる。

真っ暗な部屋の先、広い窓からは光の粒がキラキラと見えていた。

「大きい窓……」

三十五階から望む東京の景色は、私にとったら非日常の光景でしかない。

ご褒美で高層ビル内に入る景色のいいレストランに行ったときくらいの経験だ。

こんな景色が望める場所で生活を送れる人は、間違いなくこの世の成功者と言える。

部屋の明かりがパッと点《つ》き、広々としたリビングが目の前に現れると、そこにはポツリとソファーセットだけが置かれていた。

三人掛けほどの黒い革張りのソファーは、ローテーブルを囲うようにしてL字に設置されている。

「広い……素敵なマンションですね」

「そう？　気に入ってもらえたならよかった」

部屋の中を見回し立ち尽くす私の横で、桐生さんは鎮座するソファーへと向かっていく。

その手には、どこから出てきたのかA4サイズほどの封筒が。

ソファーに腰をかけると、手にある封筒から書類らしき紙を引き出した。

「早速だけど、弁護士に作ってもらった契約書を確認してもらえるかな」

「あ、はい」

あれ、契約書だったんだ……。

というか、なんか本格的だ。

考えてみたらそうだ、これは契約なのだ。口約束なわけがない。

桐生さんのかけるソファーに近づくと、桐生さんは自分のとなりの空いているスペースに手を置き「どうぞ」と私にかけるよう促す。

「失礼します」

いよいよだと思うと、また違った緊張感に心拍数が上がるのを感じた。

「この間画像で送ってくれた宇佐美さんが希望する契約の項目を含めて作ってもらったものになるから、読んでみてもらいたい」

横から手渡された書類は、数枚が綴《と》じられていた。

一番上には〝婚前契約書〟と書かれてあり、それを目にした瞬間、どくっと心臓が驚いたように高鳴った。

【夫、桐生七央（以下、「甲」）と妻、宇佐美佑華（以下、「乙」）は、後に予定される甲乙間の婚姻に関して、●年●月●日付で以下のとおり婚前契約書を締結する。】

気を引きしめて読み始めたものの、冒頭から心の中では「う……」と唸る。

何か契約をする際に必ず読まなくてはならない、こういった契約内容がつらつらと記された文章。

甲だとか乙だとか、それが出てきただけで気後れしそうになる。

だけど怖じ気づいている場合ではない。

横顔に桐生さんの視線を感じながら、文字の羅列を目で追っていく。

「……はい、読みました」

「早いな」

ツッコミのようにそう言った桐生さんは、ふっと笑みをこぼす。

「本当にちゃんと読んだ？　焦らなくていいから」

「あ、はい。じゃあ、もう一回……」

どうやら焦って読んだのがバレていたらしい。恥ずかしい……。

文字はちゃんと読んでいるつもりが、内容がちゃんと頭に入ってこない気がする。

桐生さんがとなりにいるから、声を出して読み上げていくわけにもいかないし……。

「わかった。じゃあ、貸して」

「え……？」

両手に持っていた書類を上からすっと抜き取られ、つられるように顔を向ける。

桐生さんは少し離れて座っていた距離を詰め、私にも見えるように書類を下ろした。

「読み上げよう。内容の確認もしながら」

「え、あ、すみません」

「じゃあ、第一条から。甲と乙は、婚姻するにあたり、互いに第二条以下の条項をすべて理解し、同意した上で真摯にその履行に努めるものとする――」

わざわざ読んでもらうなんて気を使ってもらったからには、ちゃんと内容を理解して返事をしなくてはならない。

一文一文を噛みしめるようにして目と耳に意識を集中させ、契約内容を頭に叩き込んでいく。

「第二条……甲と乙は、結婚生活を送るにあたり、互いに信頼し、思いやり、支え合い、尊重することとする。第三条……甲と乙は、家庭にかかわる事項を独断で決定することなく、互いに報告と相談をし、互いに納得のいくまでその都度協議し、相互の合意のもと決定するものとする。ここまで、大丈夫？」

「はい。大丈夫です」

と答えつつも、読んでもらうために近づいた距離に落ち着かない。

意識しすぎなんだろうけど、桐生さん側にある私の腕が彼に触れそうでソワソワしている。

「じゃあ、次。第四条。ここが宇佐美さんも重要なところだと思うけど、仕事のこと。甲と乙は、互いに各自の仕事が最善に遂行できるよう、協力し、努力を惜しまないものとする」

仕事は今までと変わらず続けたい。この条項は私にとっては大事な部分だ。

「第五条……夫婦生活に要する生活費として、その必要額は甲が負担するものとする」

「……えっ、それは折半にするべきじゃないですか？」

生活費を桐生さんが全額負担するなんて不公平すぎる。

思わず口を挟んだ私に、桐生さんは「どうして？」と薄い唇に微笑を浮かべた。

「俺が頼んで契約してもらうんだから、これは当たり前だと思うけど」

「え、でも」

「それに、俺たちの関係は契約かもしれないけど、妻を養うのも夫の役目だと思ってるから」

「それは……」

そう言われてしまうとぐうの音も出ない。

だけど、ふたりの生活費もこのマンションの家賃もすべて桐生さんが負担するのはさすがにやりすぎではないかと思える。

この部屋なんて、とんでもない家賃に間違いないし……。

「とにかく、そこは一切気にしなくていい。その代わりに、ちゃんと〝妻〟をやってくれたらそれで十分だから」

「それは、わかってますけど……」

「じゃあ、続き」

腑に落ちていない私の様子に構うことなく、桐生さんは契約書に目を落とす。

「第六条……甲と乙は、互いに思いやりを持って家事の遂行に協力するものとする。ただし、甲は乙が行った家事の一切につき、協議の上決定した賃金を支払うものとする」

「え、あの、ちょっと待ってください！」

生活費の負担もして、私が家事をやったら賃金を支払うって、それは本当にさすがに無いんじゃ……！

「生活費も桐生さんがすべて負担して、その上私が家のことをしたら賃金を、だなんて、さすがにフェアじゃないです。私がいたたまれません」

「いたたまれないって、おかしなこと言うな」

「え？」

「当たり前だろ。宇佐美さんは好きでもない男の世話をするんだから、仕事も同然。お金をもらうのは何もおかしなことじゃない」

なんの感情もなさそうに言い放ったその声に、私は自分が大きな勘違いをしていたことに今更気付かされた。

桐生さんにとったら、面倒な家事の一端を引き受ける私の存在は雇った家政婦のようなもの。

相手に対して特別な感情があるわけではないから、何かしてもらえばその働きに対して賃金を支払うというだけのことだ。

考えてみれば私が困って遠慮するのもお門違いということ。

勘違いも甚だしいって思われたかもしれない。

「……そう、ですね。わかりました。すみません、いろいろ理解してなくて」

「いや、お互い初めてのことだから仕方ない。気にしなくていい。じゃあ、続きを。第七条……乙は、甲の申し出により夫婦として、妻としての姿を滞りなく――」

読み上げてもらっている契約内容が右耳から左耳へと通過していく。

緊張しながら聞いていたはじめのあたりとは打って変わり、張り詰めていたものが緩んでしまったような感覚。

この契約結婚に対して、桐生さんと私でははじめから温度差があったようだ。

契約のもととはいえ〝結婚〟ということに私はそれ相当に悩み、決心をしてきた。

だけど、桐生さんにとってはただの〝契約〟でしかないということ。

今日ここに来るまでにぐるぐるとしていたのは、不毛な時間だったということだ。

「――と、こんな感じだけど、何か追加事項とか修正すべき部分があれば締結する前に直そうと思うけど……？」

　ぼんやりとしているうちに契約書の読み上げは終わり、桐生さんは横から契約書を差し出してくる。

　黙って書類を受け取り、パラパラと中を通し見ていく。

「実は最後に、俺から提案したい項目があるんです」

「提案？」

「ええ。この話を持ち掛けたときは、〝リハビリ〟だなんて言いましたけど、よく考えてみれば、俺たちの関係が恋愛に発展したら、何の問題もなくなるでしょう？」

　そう言われて「え!?」と驚いたときに、ちょうどその〝項目〟を最後に見つける。

「だから契約の条件のひとつに、〝二年以内にふたりの関係が恋愛に発展しなかった場合、契約は失効する〟と入れておきました。そうすれば、いつかは恋愛結婚をしたいという宇佐美さんを延々と縛りつけることもなくなるし。どうかな？」

　気持ちのいらない契約結婚という関係を持ちかけながらも、私の恋愛結婚したいという思いは汲んでくれるらしい。

　一緒に過ごすうちに恋愛感情が芽生えなければ、契約結婚という関係から解放される。

桐生さんが私に恋愛感情を抱くことはきっとないだろうから、この項目があれば今からこの契約の終わりが決まっているも同然だ。

「……わかりました。これで、問題ありません」

「じゃあ、サインと捺印《なついん》をお願いできるかな」

最後のページには、すでに桐生さんのサインと判が押されている。

さらっと書かれた流れるような達筆の下に、手渡されたペンで自分の名前を書いていく。

事前に持って来てと言われていた判子をバッグから取り出し、名前の横に捺印した。

「……できました」

私のサインが入った契約書を受け取った桐生さんは、確認するように最後のページを見直す。

そして、黙ったままさっきの封筒へと書類を納めた。

「これで、宇佐美さんと俺は契約結婚が成立したということになる。夫婦、という関係になったということ」

夫婦……といっても、形だけの契約。何も臆することはない。

「契約の見直しは一年ごと。何か特別なことが起こらないかぎり有効ということで。

この結婚は事実婚と同じで、お互いのためにも婚姻届を出す予定は今のところはない。

それで問題ないかな？」

最終確認のような言葉に、小さく頷く。

「はい。よろしくお願いします」

「こちらこそ、どうぞよろしく」

横からすっと手を差し出され、視線を上げて桐生さんの顔を見つめる。

よく見ないとわからないくらいの微笑を浮かべた桐生さんは、私に握手を求めていた。

その筋張った大きな手に、自分の手をそっと重ね合わせる。

不思議な契約結婚という関係を始める私たちの初めてのスキンシップは、どこかぎこちなくよそよそしかった。

7、不意打ちの口づけ

「お世話様です、ありがとうございました」

まだ見慣れない玄関でこうして引っ越し業者の人を見送るのも現実味にかける。

黒いドアが閉まりひとりきりになると、「ふう」と小さく息をついた。

この場所で契約結婚の書類にサインをしてから、早くも十日。

その後、互いに引っ越し業者に依頼をし、この新居に荷物を運びこんだ。

私より先に引っ越しをしてきたのは桐生さんで、私が今日初めてひとり部屋に訪れると、すでに中には桐生さんの私物が置かれていた。

共有のリビングダイニングやバストイレ、その他にプライベートの部屋が各自に用意されている。

この間訪れたときにはがらんとしていた部屋は、ソファーセット以外の家具や家電も入り、もう生活ができる状態になっていた。

ホワイトが多めの、モノトーン調の落ち着いたインテリア。シックだけれど、住み慣れたら愛着が湧きそうだ。

ここが、これから住む家か……。

未だに自分のことなのかと疑うくらいピンと来ていない。

東京の街を見渡せるこんなタワーマンション、自分には一生縁のない場所だと思っていた。

初めて来た日は陽も落ち夜景が望めた広い窓からは、今は遠くまで東京の街並みが広がっている。

「……え、あれって富士山?」

びっしりと多くの建物がひしめき合う遠く向こうに見える山並みの中、日本一の山がぽこっと頭を出している。思わず独り言を呟いてしまった。

改めて三十五階からの景色に感動していると、視界を一機のジェット機が横切っていく。

目をこらして尾翼のマークを見ると、桐生さんが勤める『JSAL《ジャパンスターエアライン》』のジェット機だとわかった。

桐生さんは今、国際線で北京《ペキン》へと飛んでいる。

一昨日の昼に北京に向かい、今日は夕方発の便で北京から戻ってくるから、夜には勤務が終わると連絡が入っていた。その後、ここに帰ってくると思われる。

引っ越し業者への手配と勤務の関係で、私も今日やっとここに越してくることができた。

なんだかんだ契約をしてからまだ顔を合わせてないけれど、桐生さんと私の仕事の勤務体系を考えると、この家で一緒に過ごす時間というのは実はそんなにないのかもしれない。

私は私で日勤と夜勤で仕事は不規則。

桐生さんだって、国際線乗務のときには場所によっては数日日本を離れることもあるわけで、普通の会社員のようにここに毎日帰宅するというわけではない。

そう考えれば、本当にここではルームシェアのような関係性であって、顔を合わせることもそんなにないのかも……?

ここで契約を交わした日、自宅に帰ってからぼんやりといろいろなことをひとり考えてしまった。

私は、一体なんのために桐生さんと契約結婚なんかしたのだろう……と。

よくよく考えてみたら、お願いされてそこまで深く悩むことなく契約書に判を押してしまっていた。

桐生さんには、周囲に結婚したということをアピールするという目的がある。

だけど、私には……？

それを真剣に考えてみると、契約をしてもいいと、流されてみてもいいと思ったのは、佑杏から言われた言葉が胸の中にずっと居座り続けていたからだと思い当たった。

『誰かと一緒にいて感じる幸せっていうのも、悪くないよって』

契約結婚という、お互いに気持ちのないそんな始まりでも、もしかしたら少しはそんな幸せを知ることができるかもしれないと、頭のどこか片隅で無意識に思っていたのかもしれない。

だけど、それは夢想でしかなかったと、この間の桐生さんを見ていて確信した。

そんなもの、この契約結婚には存在しないのだと。

判を押した後に気付いてももう遅いわけで、今に至っているのだけど……。

『宇佐美さんは好きでもない男の世話をするかもしれないんだから、仕事も同然』

彼にとって私は、表向きは妻、しかし中身は雇った家政婦みたいな感覚なのだろう。

そう気付いてからは、すべてプラス思考でこの状況を考えることに切り替えた。

今更あれこれ悪い方向に考えてもいいことはない。落ち込むだけだ。

だから、ハイグレードなマンションに住める！　家事をしたらお給料が出る！と、なんでも前向きに捉えることに決めたのだ。

そうしてからは、うだうだ余計なことを考えなくなっている。

とにかくここでの生活に慣れて、桐生さんには特別な感情を持たず契約を全うし、
これからも変わらず自分のライフスタイルを守っていく。

いずれ、この契約だって終了する日がやってくるのだ。

自分は自分で、変わらずいればいいだけのこと。

生活の質が上がるというプラスな面だけ喜べばいい。

「さてと……片付けるとしますか」

広いリビングでポツリと独り言を呟き、運び入れてもらった自分の荷物の方へと向かった。

お昼前からゆっくり荷解《にほど》きをして、邪魔な段ボールをすべて片付け終わったのが夕方近く。

持ち込んだ荷物は衣類や本などを筆頭に段ボールで十個いかない程度だった。

家具類などは持ち込まなくて構わないと事前に桐生さんに言われ、もとの住まいに置いたままになっている。

急遽引っ越すことになり、実はまだ独り暮らしをしていたマンションの解約手続き

を済ませていない。

先月契約の更新をしたばかりという事情もあるけれど、一応すぐには手放さないほうがいいかもしれないという頭があった。

もしかしたら、何かの理由で戻る可能性だってあるかもしれない。

そうなったとき、帰る場所を失っていたら路頭に迷うことになる。

幸い、新しい生活において私が家賃や生活費を負担することは遠慮されているし、むしろ家にいて稼げるというお金には困らない状態だ。

それなら、これまで住んでいた独り暮らしの部屋の家賃をしばらく払っておいてもいいかという考えに行き着いた。

万が一に備えて帰る場所を残しておけば、気持ち的にも安心できる。

だから置いてきた家具に関しても、焦らずゆっくり考えればいい。

自分の荷物が片付くと、マンションを出て買い物がてら近所を散策しに出かけた。

近くには大型のショッピングモールもあり、食料品の買い出しにも便利だとわかったからひと安心。

その後帰宅してから、夕食の準備に取り掛かっている。

帰宅すると知らされているからには、夕食の準備をして待っていたほうがいいだろうと思い、今晩は豚の角煮をメインに和食メニューを作っている。

桐生さんの好きな食べ物はまだ知らないけれど、海外に行ってきた後なら和食がいいのかもしれないと勝手に思った。

まぁ、海外に行くのなんて日常茶飯事だし、日本食が恋しくなるとかいうのは特にないのかもしれないけれど。

午後八時過ぎ。

料理の準備がひと段落したところで、カウンターやキッチン内に置かれた植物の鉢に目が留まる。

今日到着したときから気にはなっていたキッチン内に何個もある小さな鉢。

どれも緑が生き生きとしていて手入れが行き届いている。

桐生さんが持ってきたものだろうけど。

「なんの植物だろ……？」

鉢を手に植物をじっと見つめていると、玄関ドアが開く音が聞こえた。

帰ってきた……！

慌てて手にしていた植物をもとの位置に戻し、キッチンを出ていく。

玄関へと向かうために廊下を出たところで、入ってきた桐生さんと鉢合わせた。

「あ……お帰り、なさい」

桐生さんは突然現れた私に一瞬驚いたように目を大きくしたものの、「ただいま」と初めて出迎えられたとは思えないような落ち着いた反応を見せた。

仕事から帰宅した桐生さんの格好は、カーキのロング丈のTシャツをレイヤードしたものに、ブラックデニムというカジュアルな格好だった。

乗務では制服を着用するから、通勤服は自由なのかもしれない。

「お疲れ様でした」

そう声をかけながら、ひとりでに鼓動が高鳴っていくのを感じる。

久しぶりなせいかもしれないけれど、改めて目の前で桐生さんと顔を合わせると緊張してしまう。

眉目秀麗で涼し気な表情は、何もなくても目が合うだけでどきりとさせられるから困る。

「お疲れ様。なんか、久しぶりな感じがするな」

桐生さんのほうも私と会うことが久しぶりに感じたらしい。

メッセージアプリでのやり取りはしていたけれど、こうして顔を合わせるのはあの契約を交わした十日前以来のことだ。

「引っ越し、無事にできた？　手伝えなくて悪かった」

「いえ！　大丈夫でした。荷物も思ったより少なかったですし」

「少なかった？　家具とか大きなものは、処分を？」

「あ、はい。そんな感じです」

引っ越しを手伝うと言われたところで、それはそれで私としては都合が悪かった。というのも、桐生さんには住んでいたマンションをまだ引き払っていないことは言っていない。

桐生さんのことが信用できずに保険を掛けているみたいで、なんとなく言いづらいからだ。

このままなんの問題もなく桐生さんとの生活を続けられるのであれば、そっと解約をすればいいだけのこと。わざわざ今言う必要もない。

「あの、食事されていないですよね？　夕飯作ったので、よかったら」

話題を変えようとリビングに入ってきた桐生さんに聞いてみると、桐生さんはキッチンを肩越しに振り返る。

「俺の分も作ってくれたんだ？　それなら、喜んで」

「じゃあ、用意しますね」

桐生さんは一度ソファーに置いた小さなボストンバッグを持ち直し、「片付けてくる」とリビングを出ていく。

その姿を見送りながら、急いで食卓の用意に取り掛かった。

再びリビングに戻ってきた桐生さんは、ダイニングテーブルの上に並べた食事を見て好感触な声を上げる。

「おっ、すごいな」

心の中で『よし！』とガッツポーズを決めて「座ってください」と促した。

「何がお好きか伺ってなかったので、勝手に作ったんですけど……」

「手料理ってだけで価値があるよ。和食は好き。嫌いなものは特にない」

ご飯と味噌汁を取りにキッチンに入る。炊飯器を開けると、たこの炊き込みご飯がいい香りを漂わせた。

「そうなんですか。それならよかったです」

ふたりぶんのご飯と味噌汁を持ってダイニングテーブルに戻ると、椅子にかけた桐生さんは並んだ料理を眺めていた。

あまりまじまじ見られるのはなんだか恥ずかしい。

これまで男の人に手料理を振る舞う機会なんて、もう亡くなってしまった父親相手くらいしかなかったからだ。

「ああ、そうだ。これ」

テーブルにご飯と味噌汁を置き終えたタイミングで、桐生さんがとなりの座席から紙袋を取り出す。

「お土産。北京の老舗《しにせ》らしいけど」

「え、重っ」

受け取って思わずそんな声が漏れる。

ずしっと重いその中を覗くと、赤い箱が入っていた。

「ありがとうございます。お菓子、ですか？」

「ああ。月餅《げっぺい》とか、饅頭《まんじゅう》の詰め合わせみたいな感じだったけど、食べきれなかったら職場に持っていくといい」

「月餅……！　好きです！」

紙袋の中を覗いたまま、つい顔がにやけてしまう。

北京の老舗菓子店の月餅にありつけるなんて、私にとってはまさかの嬉しい出来事だ。

「よかった。お菓子とか詳しくなくて、CAに聞いて教えてもらった情報だから、間違いはないと思うけど」

「CAさんに……そうなんですね、わざわざありがとうございます」

「そういう約束だから、気にしなくていい」

さらっとそう言われて、〝ああ、そうか〟と気付く。

私との契約内容に、フライト先でその場所のご当地スイーツを購入してくるという内容があるからだ。

スイーツ好きな私と契約を結ぶために、桐生さんが提案したこと……。

ただ、それを破らないように守ったということだ。

「では、後でいただきましょう」

もう一度「ありがとうございます」と言って、ずっしりと重い紙袋をキッチンにさげた。

「じゃあ、早速」

ダイニングテーブルに戻ると、私を待っていたらしい桐生さんは「いただきます」と手を合わせ箸を手に取る。

私も向かいの席につき、同じように箸を手にした。

「いただきます……」

チラリと、正面の桐生さんに目を向ける。

姿勢よく椅子にかけ、すっと長い指先には正しく箸が持たれている。

上品な食事姿は、自然と育ちのよさが現れている証拠だ。

「うん、美味い。味がしっかり染み込んでる」

豚の角煮を食べた桐生さんは、作り手としては嬉しい感想を述べてくれる。

ふと目の前の光景に、結婚したらこんな感じなのかと新婚生活の絵が浮かび、意味もなく動揺して視線がテーブルの上でうろうろしてしまった。

「よかった……お口に合うならひと安心」

「この炊き込みご飯も美味しい。今までも自炊を？」

「毎日はしてなかったです。休みの日に作り置きして冷凍しておいたり……冷凍しておくと食べたいときに食べられるので、疲れて帰ってきたときにも便利で」

私の話を聞きながら、桐生さんは休まず箸を進めている。

その話に感心したように「へぇ」と私の顔を見つめた。

「あ、桐生さんは、自炊とかはされていたんですか？」

「俺？　ほとんどしなかったな……だいたい外で済ませちゃってたから」

パイロットをしている桐生さんは不規則で自宅を数日空けることもあるだろうから、私のように自炊して作り置きなんてことも難しいだろう。

「そうですか……そうですよね、忙しいですもんね」

「ていうか、おかしくない？」

「え……？」

「〝桐生さん〟って、その呼び方」

おかしい、なんて言われて一瞬なんの指摘をされたかわからず、小首を傾げてしまう。

「え、おかしいって……」

話についていけていない私の様子に、桐生さんは箸を止め小さく息をついた。

「もう結婚したんだから、苗字で呼ぶのはおかしいってこと」

ああ、そっか。

「確かに、そうですね。じゃあ……」

「佑華」

「っ！」

真正面からじっと目を見つめたままいきなり名前を口にされて、不覚にもどきんと鼓動が弾む。

あからさまに驚いた反応を見せてしまい、慌てて絡み合っていた視線を泳がせた。

「えと……じゃあ私は、七央さん、で、いいですか……?」

誤魔化すようにお茶碗を手にし、たこ飯をかきこむ。

あからさまにおかしな様子の私を気に留める様子もなく、桐生さんは「ああ、それが自然だろ」とあっさり答えた。

七央さん……。

うっかり今まで通り苗字で呼んじゃいそうだけど、慣れなくちゃ。

食事を進めながら心の中で何度も『七央さん』と呼ぶ練習を繰り返していた。

夕食を終えると、お土産で買ってきてもらった北京の老舗のお菓子を早速開けてみることにした。

「お饅頭だから、緑茶がいいですかね?」

下げた食器を洗いながら、ダイニングテーブルの片づけを引き継いでくれた七央さんに問いかける。

残りの食器を運んできた七央さんは、丁寧にシンクの中にお皿を入れてくれた。

「緑茶でもいいけど、ジャスミンティーとかでも合うと思う」

「ああ、なるほど！　むしろ中国はそっちですね」

あの独特の香りが苦手という人もいるみたいだけれど、私はジャスミンティーのあの芳香が大好き。

普段からペットボトルのジャスミンティーもよく飲むし、自宅では茶葉も常備している。

「ジャスミンティーなら、私、茶葉持ってきてます」

「マジか。さすが準備いいな」

「好きなんですよ、ジャスミンティー」

そんな会話を交わしながら、ふとシンクの横に並ぶ植物の鉢たちに目が留まる。

「あの、ここに並んでいる植物って、七央さんが持ってこられたんですよね？　なんの植物かなって」

今日ここに来て、キッチンに入ってから気になっていたこと。ようやく訊くことができる。

私に質問された七央さんは、「ああ」と反応して私の横までくると、その中のひとつの鉢を手に取った。

「これは、全部ハーブ」

「ハーブ？」

「そう。キッチンハーブ。趣味で育ててるやつ」

趣味でハーブを育てているという予想もしなかった回答にあっと驚く。

それを聞いて、トークアプリのアイコンが植物の画像だったことと繋がった。

「もしかして、アイコンの画像ってこのハーブですか？」

気付いたことを訊いてみると、七央さんは「ああ、そう。イタリアンパセリだな」と軽く数度頷く。

「すごい、趣味がハーブの栽培なんて、なんかオシャレ」

思ったままの感想を口にすると、七央さんは特に表情を変えることもなく「オシャレ？」と、どこか不審そうに私を見遣る。

決してお世辞を言ったつもりはなかったから、はっきりと「はい！」と返事をした。

「オシャレですよ。ハーブを育ててる男性なんて、今まで出会ったことありませんし」

「まぁ、そんな趣味の奴は少ないだろうな」

「ハーブってことは、食べられたりするんですか？」

興味津々の私は洗い物を中断し、手についた洗剤を洗い流す。

七央さんは手に取っていた鉢を私に見せるように近づけた。

「これは、バジル」

「バジル！　あ、確かに言われてみれば葉の形がバジルだ。へぇ～……あ、もしかして、これはミントですか？」

「これは、レモンバームだな。葉をこすると……」

「あ、すごい、レモンの香りがする！」

片付けとジャスミンティーを淹れるのを中断して、七央さんのハーブの話題で盛り上がる。

私の質問に七央さんは進んで説明をしてくれて、それがやけに楽しそうに目に映る。

これまで会話をしていても淡々と話すイメージが強かったし、表情なんてもちろん大きくは変わらない。

はじめからクールなイメージがあったから、こんな風に声を弾ませるなんて意外だった。

それだけハーブの栽培が七央さんにとって特別なことなのだろう。

「本当は日当たりのいい場所に置いておくのが一番いいから、出せるときは陽に当ててるけど、何日も部屋を空けることもあるから、今までダメにしちゃったことも何回もある」

「それなら、もう大丈夫ですね」

「え？」

「七央さんが家を空けるときも、私が陽に当ててあげます」

そう言ってみると、七央さんはなぜだかじっと私の顔を見つめる。

何か変なことでも言ってしまったかとどきりとしたとき、七央さんの表情がわずかに緩んだ。

「そうだな。これからは俺がいない間も佑華が管理してくれるから心配ないな」

さらりと下の名前を口にされて、落ち着いていた鼓動が再び驚いたように跳ね上がる。

七央さんは私を名前で呼ぶことにもすでに慣れてなんともなさそうで、相変わらず涼しい顔をしている。

私はひとりでドキッとしているのに、この温度差がなんとも悔しい。

「はい。育て方、私にも教えてください」

平静を装いつつそう話を締めくくり、食器洗いの続きに取り掛かった。

片付けを終える頃にはちょうどジャスミンティーも入り、ポットとカップふたつを七央さんがダイニングテーブルへと運んでいってくれる。

そのあとをついていくようにして、お土産の箱を持っていく。

箱を開けると、いろいろな形の饅頭が個包装なしにぎっしりと重なって入っていた。手作り感溢れる花や動物を象《かたど》ったものから、刻印の入ったものまでさまざまで見るのも楽しい。

だけど、確かにひとりでは食べきれない量だ。箱を持った感じも一キロ以上はある。病院に持って行って、みんなにおすそ分けするのがよさそうだ。

「七央さん、どれにしますか？」

箱から顔を上げると、七央さんはポットからジャスミンティーを注いでくれていた。

「俺はいいかな。夕飯でもういっぱい。美味かった、ありがとう」

「い、いえ。大したものは作れないですけど、あのくらいの食事ならなんとか……」

食後のデザートを断る流れから夕飯のお礼を言われ、あからさまに動揺を露《あら》わにしてしまう。

お礼や感謝の気持ちを口に出して伝えられる人なんだと、好感度の上がる新たな発見だ。

「じゃあ、私は……これをいただこう」

その中から花の形の饅頭をひとつ取り、お皿にのせる。

七央さんは早速ジャスミンティーを注いだカップに口をつけていた。

「ここで生活を始めたら相談しようと思ってたんだけど、近いうちに両親に会ってもらいたい」

「ご両親に、ですか」

七央さんにとってのこの契約結婚の目的は、結婚して身を固めたとご両親を安心させるため。

そうすれば結婚を急かされ、縁談を持ち掛けられることもなくなるからだ。

「ちょうど先週も母親から連絡が来て、見合いの話をされたんだ」

どうやら結構頻繁にそういう話をされているようだ。

これでは結婚する気がない七央さんにとっては鬱陶《うっとう》しいはず。

「だから、そのときに実は結婚を考えている相手がいると話した」

ごくりと、喉が鳴る。

いよいよ七央さんのご両親に私の存在が伝わったと知ると、たとえ契約結婚という形でも緊張は高まる。

いやむしろ、契約結婚という形だからこそ落ち着かない気持ちに襲われるのかもしれない。

息子の幸せを願っているはずのご両親を、私は七央さんに加担して騙《だま》そうとしているも同然だからだ。

「その翌日、職場で早速父親に捕まった。そういう相手がいるならどうして早く知らせないのかと。そんなわけで、両親も早く佑華に会いたいと言ってるんだ」

「そうなんですね……なんか、緊張しますね」

率直な気持ちを口にすると、七央さんは薄っすらと口角を引き上げ笑みを浮かべる。

そして「大丈夫」と頷く。

「そういうわけで、早速だけど仕事の予定を教えてほしい。こっちの予定と照らし合わせて、顔合わせの日程を組みたい」

「わかりました。あの、その日はご家族揃ってになりますか？　妹さんがいらっしゃると言っていましたよね？」

「ああ、とりあえず両親だけじゃないかと思うけど。佑華の妹さんにも会って挨拶をさせてもらいたいから、別日にその都合もつけたい」

「私の妹にも？　わかりました。じゃあ、これをいただいたらシフト確認しますね」

仕事のことを考えて、私からも七央さんに聞いておかなくてはいけない重大なことを思い出した。

本当は契約を交わす前に確認しなくてはいけないことだったかもしれないけれど、そのときはそこまで頭が回らなかった。

「あの、私からもひとついいですか？」

今度は私のほうから話を切り出すと、七央さんは口にしていたカップをテーブルへと置く。

じっと顔を見つめられて、もう一度「あの」と言い直した。

「この、契約結婚のことは、自分の職場ではできれば伏せておきたいと思って。それは、可能ですか？」

「伏せる？　まぁ、事実婚と形態は同じで籍も入れるわけではないし、伏せてもらってもなんら問題はないけど」

それを聞いて、内心ホッと胸をなでおろす。

もし申告しなくてはならないとなれば、一体どう話せばいいのかと頭を悩ませていた。

だけど、考えてみれば事実婚と同じなのだ。

籍を入れるわけではないから、正式に姓が変わるわけではない。

「そうですか。それなら、そうさせてもらいます」

「何か業務上で問題でも？」

「あ、はい。たとえば名前とかでも、患者さんには宇佐美で覚えてもらっていますし、結婚しても旧姓で働く人間も多いんです」

そう答えると、七央さんは「ああ、なるほど」と納得したように呟く。

「でも、考えてみたら苗字が変わったわけでもないですし、今までと変わらないですね」

いらない心配をしていたと気付くと、もやっとしていた気持ちが晴れていく。

「あ、じゃあ、いただきます」

すっきりしたところで、やっと食べそこなっていた饅頭にかじりついた。


午後十時半過ぎ。

帰宅後すぐ食事をすすめてしまった七央さんに先にバスルームを使ってもらい、続いてシャワーを浴びにバスルームに入った。

このマンションに来て初めての入浴。

ハイグレードマンションのバスルームは、広さはもちろん、デザインも目を見張るものがあった。

初めてここを訪れ契約を交わした日は電気もつけずにちらりと中を覗いただけで気付かなったけれど、脱衣スペースと浴室を区切るのは全面のガラス張り。

これでは入浴中の姿が丸見えでなんともドキドキする造りだと思ったけれど、使うときはひとりなんだから特に問題はない。

大きなバスタブに足を伸ばして浸かり、ゆったりリラックスしていると次第に睡魔が襲ってくる。

そういえば、寝るのって……。

ここにきて重大なことに気付き、叩き起こされたようにざぶんと音を立てて背中を起こす。

まさか、一緒に寝るなんてことは、ないよね……⁉

リビングダイニングルームの他、七央さんと私のプライベートな部屋がそれぞれあり、もう一室この家にはベッドルームが存在している。

今日到着して部屋をひとつずつ回って見たけれど、そのベッドルームには物凄く大きなベッドが鎮座していた。

契約結婚という夫婦の形。

その形としてベッドルームも用意されているけれど、それをわざわざ使うことはないと思っている。

独り暮らしの部屋にベッドを置いてきたのは予定通りだけど、その代わりに客用布団を一式運んでくるつもりがうっかり忘れてきてしまった。

今夜は適当にしのいで、明日の夜勤前に独り暮らしのマンションに戻って運び出してこようと思う。

タクシーなら、なんとか運べるかな……？

そんなことをあれこれ考えながらバスルームをあとにすると、リビングはダウン照明に明かりが落とされ、七央さんの姿はすでに見当たらなかった。

もう自室に入ったのだろう。

ホッと安堵し、そそくさと自室に引っ込む。

幸い、自室にもインテリアを兼ねた小さなソファーが置いてあるから、そこで今晩はうたた寝をしようと思う。

クローゼットから冬に愛用しているチェック柄のストールを取り出し、ソファーに横たわる。

「うん……大丈夫、寝られそう」

少し漫画でも読んでから寝ようとスマートフォンを天井に向かってかざしたところで、部屋のドアがコンコンとノックされた。

「あ、はい」

横になったまま返事をすると、ドアが開き七央さんが顔を見せる。

私の姿を目にした七央さんはわずかに眉根を寄せた。

「どうか、されましたか？」

慌てて体を起こした私を目にしたまま、七央さんが部屋へと入ってくる。

一体どうしたのだろうと思っているうち、私が座るソファーの目の前へと近づいた。

Tシャツにラフなスウェットパンツという、入浴後で休む前の完全プライベートな姿。洗いざらしの髪がサラリと流れる七央さんを見上げて、鼓動が高鳴った。

「そんなところで何してるんだ」

「え？　何って、そろそろ休もうかと思ってたんですけど」

そう答えると、七央さんは私から視線を外し、なぜだか小さく息をつく。

「そんな窮屈なソファーで一晩眠るつもりなのか？　冗談だろ」

「え……」

思いっきりそのつもりだった私は言葉に詰まる。

黙る私を前に、七央さんは今度はわかりやすくため息をつき、突然スマートフォンを持ったままの私の腕を掴んだ。

「っ、あの⁉」

驚く間もなく私をソファーから立ち上がらせた七央さんは、いきなり私の体を正面から抱き上げる。

何が起こったのか一瞬わからない自分がいて、固まったまま身動きもできず声も出なかった。だけど……。

「あのっ、七央さん？　下ろして、私、重いからっ」

そうこうしているうちに、抱き上げられた体は七央さんによって自室から連れ出されていく。

軽々と運ばれていき、やっと降ろされたその先は、寝室の広いベッドの上だった。

スプリングにお尻が柔らかく受け止められ、七央さんの腕が離れていく。

ぱっと顔を上げた先、私を見下ろす切れ長の目と視線が交差した。

「寝る場所はここ。あんな場所で寝るな」

「え、でもっ――」

それは、一緒に寝るってことですか……？

それが口に出せない。

ベッドを振り返るとシーツがわずかに乱れていて、七央さんが横になっていた形跡が残されていた。

「私は大丈夫ですので。明日、仕事の前に布団も用意しようと思ってて。だから今晩は適当に――」

「駄目だ」

私の声をぴしゃりと遮って、七央さんのほうも譲らない。

薄い唇を一文字に結び、依然として私を見下ろすその視線から逃げるように床に視線を落とした。

「俺が出るから。ここを使えばいい」

「えっ」

あっさりとそう言って、ベッドサイドに置いていたスマートフォンを手に取ると、掛けたままの私の前を横切っていく。

「待って！」

咄嗟にその手首を掴んで止めていた。

さすがに、そういうわけにはいかない。

「私が出て行くので、ここは七央さんが使ってください。今日はお仕事で疲れてるだろうし、ベッドで休んだほうがいいに決まってますから！」

掴んでしまった手を引いて自分が立ち上がり、代わりに彼を自分のかけていた場所に座らせる。

その間、顔を見上げることはできなくて、ずっと七央さんの胸元に視線を留めていた。

「では、おやすみなさい」

逃げるようにしてくるりと部屋のドアへと体を向けたとき、今度は私の腕が背後からがしっと掴まれる。

えっ？と思って恐る恐る振り返ってみると、私の腕を掴んだまま離さない七央さんがじっと私を見つめていた。

「わかった。そこまで言うならベッドは使う。でも……」

「え？　あのっ、七央さん——」

立ち上がった七央さんは、広いベッドの周囲を反対側に向かって私の手を引いていく。

今かけていた反対側のベッドサイドまでいくと、私の肩を押してそこへ座らせた。

「佑華が出ていく必要はない。一緒に使えばいいだけのことだろ？」

「へっ……!?」

い、一緒に使うって、ここを!? この、ベッドを!?

心の中でそう叫んでいる間にも、七央さんは平然と私を置いてもといた反対側へと戻っていく。

その姿を振り返り固まって見ている私に構うことなくベッドへと上がった。

とんでもない状況に陥り、ベッドに浅く腰かけたまま瞬きを繰り返す。

本当に？ 冗談抜きでそんなことを言ってるの……？

「契約結婚という形ではあるが、俺たちは夫婦だ。寝室が同じということにおかしな点は何もない」

背後から聞こえてきた七央さんの声の調子は、いつも通り落ち着いている。

肩越しに振り向くと、ちょうど体を横にしたところだった。

「これもリハビリの一環だと思えばいい」

「へっ？」
リ、リハビリの一環？

あからさまに動揺を露わにすると、七央さんは私を見て口角を吊り上げる。

その表情は、私の反応を見て面白がっているようにしか見えなくて、追い打ちをかけるように顔の温度が上がるのを感じた。

「だけど、別に何もしない。それを気にしてあんな窮屈なところで寝ると言ってるなら、安心して手足を伸ばしてここで寝ればいい」

そんな風にはっきりと言われて、自分が何を要らない心配でいっぱいになっているのかとどきりとした。

これでは、ずいぶんと自意識過剰な女みたいだ。

七央さんのこの言い方だと、私が横に寝ようと全く興味もないといったところだろう。

思い上がっていたみたいな自分が急激に恥ずかしくなってきて、気付かれないように深く息を吐きだして気持ちを落ち着けた。

「わかり、ました。すみません……」

背を向けたまま謝り、おずおずとベッドの上に両脚を持ち上げる。

七央さんのほうに目を向けられないまま、ぎゅっと強く目をつむった。

「では……おやすみなさい」

広いベッドの端に身を寄せ、『早く寝てしまえ！』とひたすら呪文のように何度も何度も心の中で唱えていた。

遠く微かに鳴っている聞きなれたアラーム音で意識はゆっくりと浮上した。

音が遠かったのは、キャミソールの上に羽織っていたパーカーのポケットにスマートフォンを入れたまま寝ていたからで、そのせいで音がこもっていたのだった。

昨晩ベッドに入ったのは、午後十一時頃だった。

それから必死に眠りの世界に向かおうとしていたけれど、なかなか寝付くことはできなかった。

やっとうとうとし始めた頃、となりで七央さんが動き出す気配でまた意識がはっきりと戻った。

その後、七央さんはベッドから出、寝室を出ていったけれど、そこからひとりになり眠れるかと思いきや、今度はいつ戻ってくるのかと構えると目が冴えてしまった。

微睡《まどろ》んだり、目が覚めたり、そんなことを繰り返していたせいで、結局眠れたのか眠れなかったのかよくわからない感じで空が白んでくる時間となった。

どこで眠るか騒動のせいで、翌日から夜勤だったこともすっかり忘れていた私はサイクルが狂い、二度寝三度寝をして、午前十一時近くにやっとベッドを出た。

オフだという七央さんは規則正しい時間に寝室を出ていったようだけど。

なんか、時間的には十分寝たはずなのに疲れてるな……。

寝室を出て洗面室に寄り、自室に入って朝の支度を済ませる。

着替えを済ませて鏡でメイクをしたはずの顔を見ると、どこか顔面に疲労がにじみ出ている感じがした。

七央さんは宣言通り、一切私に何もしてこなかった。

自意識過剰な女だときっと思われただろう。

何をそんなに意識しているのかと、もしかして呆れたかもしれない。

だからといって、男女がひとつのベッドで一夜を共にするのに、何も心配しないのだっておかしな話。

私は一応、そういう常識的な感覚で別々にと思ったのだけど……。

でも、七央さんは言っていた。

契約結婚という形でも、自分たちは夫婦という間柄。ひとつの寝室で寝起きを共にすることはなんらおかしなことではない、と……。

確かにその通りだと思うけれど、この家の中でのことは私たちふたりにしかわからない。

たとえ別々の場所で寝たからといって、周囲に新婚早々寝室も共にしていないことはわからないわけだ。

これは正論だと思うのだけど、思い切って七央さんに提案してみようかと悩む。

じゃないと私の心臓がもたないし、今後の睡眠不足がますます深刻さを増しそうだ。

支度を終えて自室を出ると、七央さんはリビングのソファーにかけてテレビを眺めていた。

私が現れたのに気付くと、テレビをオフにする。

「おはよう」

「おはようございます。すみません、お昼前に」

「仕事のための調整なんだから気にしなくていい」

昼だけの仕事なら、毎朝同じ時間に起きて食事の準備をして……という生活スタイルなのだろうけど、夜勤にも携わるためそうもいかない。

だから、理解を持ってこういう風に言ってもらえるのは大変ありがたい。

「お腹空いてる？　起きたら一緒に食べようかと思って、パスタの準備してたんだけど」

「えっ、そうだったんですか！」

ソファーから立ち上がった七央さんはキッチンに入り、コンロのスイッチを入れる。大きな鍋が載っているから、パスタを茹でるためだろう。

「すみません、私がやるべきことなのに」

「そんなことはないだろ。契約では分担にしているんだから、できるほうがやればいいだけのこと」

そっか、契約か……そうだよね。

「そう言ってもらえると、助かります」

私がそう言うと、七央さんはナチュラルな返しで「助けます」と言ってくれる。

「何か手伝いますか？」

「いや、大丈夫。あと茹でてソースと和えるだけだから。座ってて」

「わかりました」

ダイニングテーブルには、すでにランチョンマットとパスタを食べるためのフォークとスプーンがふたり分用意されていた。

昨日の夕飯でかけていたほうの席に腰を落ち着かせ、キッチンに立つ七央さんに目を向ける。

なんだか、今自分が目にしている光景にやっぱり現実味がない。

〝夫〟という相手が、ブランチを用意してくれている。

たとえ契約結婚という特殊な事情でも、そんな未来が訪れるなんて、誰が想像できただろう。

こうして落ち着いて見てみると、初めて空港で会ったときに受けた衝撃が蘇ってくる。

ひと目見た瞬間、どきっと心臓が驚いたように跳ねたのを今でもはっきりと覚えている。

眉目秀麗といえる整った顔立ちと、パイロットの制服を着こなすスタイルのいい長身。切れ長の涼し気な目は厳しさを備えていて、目が合うと緊張を強いられた。

ほんの数十秒の挨拶をしている間、私の鼓動は普段あまり体験しない速度でどくどくと高鳴っていた。

まさか、その彼とひとつ屋根の下とは、私も神様に相当弄《もてあそ》ばれている。

「佑華、ちょっと来て」

「あ、はい」

キッチンから七央さんに呼ばれて椅子から立ち上がる。

白い大きなパスタ皿には、美味しそうなトマトのパスタが盛りつけられていた。

モッツァレラチーズがごろごろ入っているのがたまらない。

「イタリアンパセリを使おうと思って」

「ああ！　出番なんですね」

シンクのそばに置かれていたイタリアンパセリの鉢。

元気に育っているその葉を、七央さんが切り取る。

軽く水洗して水気を取り除き、パスタの上に盛りつけた。

「わぁ……採れたての新鮮なのが載るって贅沢」

「佑華も料理に使っていいから。今みたいにむしって」

「はい。やっぱりオシャレだな～」

完成したパスタ皿を見て感心していると、横から七央さんが「佑華」と私を呼ぶ。

顔を上げた私を見下ろした七央さんが「動かないで」と急に二の腕を掴んだ。

近距離で突然じっと見つめられ、無意識に息を止めてしまう。

それと同時に、勝手に脳内で広がった妄想に顔がじわっと熱くなるのを感じていた。

「……まつ毛、ついてた」

「へ……あ」

真剣な目で見つめられたと思ったら、近づいてきた指先が摘《つま》み取ったのはどうやら顔にくっついていたらしいまつ毛。

七央さんはそれを取り除くと、何事もなかったように私から手を離す。

「あ、まっ、まつ毛……すみません、ありがとうございます！」

へへへっと笑って、さっと隠すように赤い顔を俯《うつむ》かせる。

自分がとんでもないことを〝まさかこれは〟と一瞬でも考えたことが、今度は猛烈に恥ずかしさとなって襲ってくる。

あのまま顔が近づいて、キスでもされるのかと身構えていた。

だけど、とんだ勘違い。もう本当に恥ずかしすぎる……！

「よし、食べよう」

「あっ、はい」

私がそんな状態に陥っているとも知らず、七央さんはでき上がったパスタを手にキッチンを出ていった。

午後四時前。

本当は夜勤前に独り暮らしをしていたマンションに客用布団を取りに帰ろうと思っ

ていたけれど、昨日の話し合いでとりあえずそれも必要がなくなり、仕事前の時間はゆっくりと過ごした。

七央さんは少し出かけると外出していき、その間、私は作り置きおかずの調理と洗濯をこなしてすっきり。

そろそろ出勤しようと出かける用意をしていたところ、七央さんが帰宅した。

「では、仕事に行きます」

リビングのソファーでスマートフォンの操作をしている七央さんに声をかける。

ブランチ前の勘違いから、ひとりで気まずくてちゃんと顔が見られない。

七央さんがスマートフォンを置いてソファーから立ち上がり、こちらに向かってくるのを目にして「いってきます」と玄関へ向かう。

「病院まで送ろうか」

「え、ああ、大丈夫です。ここから電車でどんな感じか、とりあえず一回自分で通勤してみたいですし」

今日が引っ越してからの初出勤。

電車通勤にも早く慣れておきたい。

「って、そう言われると思ったんだけど、一応訊いてみた」

「なんですかそれ」

そう言って笑いながらも、気遣いがありがたいなと思う。

「七央さんって、優しいですね」

「え……？」

「それが自然なことで意識してないかもしれないですけど、優しい人なんだなって」

玄関でスニーカーに足を突っ込みながら、思ったことを何気なく口にする。

言葉のキャッチボールが途切れたことで何となく七央さんの顔を仰ぎ見ると、その表情は何故かどこか曇って私の目に映った。

どうしたのだろうかと思いながら、「では、行ってきます」とドアへと向かう。

一歩踏み出したところで背後から腕を取られ、少し強引な力で引き寄せられた。

「──っ……！」

後方に顔を向けたとほぼ同時、七央さんの綺麗な顔が間近に迫っていた。

さっきまつ毛を取ってくれたときよりも近く、ハッとする。

次の瞬間には七央さんの少し傾いた顔が、焦点が合わないほど接近していた。

「なっ……」

今度は勘違いなんかじゃない。

唇に触れた感触は確かで、無意識に両手で口元を押さえる。

掴んだ腕を放して私から離れた七央さんは、驚き固まる私を見下ろし不敵な微笑を浮かべた。

「あれ？　もしかして、前言撤回って感じ？」

「へっ……？」

「優しい人は、こんな不意打ちでキスなんてしないだろ」

これまで見たことのない意地悪な笑みを浮かべて、七央さんは挑発的な言い方をする。

頭の中がパニック状態で何も働かず、咄嗟に返す言葉も出てこない。

「い……行ってきます！」

結局逃げるようにして玄関のドアを飛び出していた。

8、わずかなもやもや

三段のケーキスタンドには、トロピカルなマンゴーを使ったデザートが並ぶ。

一番上の段に載るマンゴーのマカロンを皿に取っていると、横から「待った待った！」という亜紗美の慌てた声が飛んできた。

「え……で、じゃあ今、佑華は人妻ってこと？」

「まぁ……一応、そういうことになるかな」

一応ではないけれど、この勢いで問い詰められると曖昧な返事をしたくなる。

あの沖縄旅行の後、久しぶりに亜紗美と会う約束をした今日は、恵比寿《えびす》にあるホテルのアフタヌーンティーに来ている。

いつも通り『最近どうよ』と近況を尋ねる話になり、あの旅行の後、わけあって契約結婚をすることになったと伝えた。

結婚の〝け〟の字もなかった私からそんな話をされた亜紗美は、厳かな会場で痛い視線を浴びる声を上げた。

そんな周囲からの反応を気にすることなく、亜紗美は一から詳しく話しなさいと迫ってきた。

この話題を出す場所じゃなかったと後悔したけれど、時すでに遅し。

職場の同僚に誘われ、ドルチェプレートに釣られて参加した食事会で七央さんに再会したこと。

そのときに、相談したいことがあると言われてふたりで会う約束をし、契約結婚の話を持ち掛けられたこと。

悩んだ結果、七央さんと契約結婚という形で今一緒に住んでいるところまでをざっくりと話した。

職場ではもちろん、この契約結婚の話は友人にはしていない。

今のところ、今後も話す予定はない。

だけど、亜紗美には付き合いの長い気心知れた友人として唯一話そうと思っていた。

「ちょっと、話が衝撃すぎてキャパオーバーだわ……」

「それは、ごめん」

頭痛でもしているように眉間を押さえる仕草を見せる亜紗美に素直に謝る。

確かに、逆の立場だったら話についていくのに時間がかかりそうだ。怒涛の急展開すぎる。

「しかも、相手よ、その相手。あのときの、あの機長だっていうんでしょ？　ちらっとしか見なかったけど、はっきり覚えてるよ、あの超絶男前」

「ああ、うん。だよね、超絶男前……確かに同感」

「いやいやいや！　佑華はその奥様なんでしょ？　今。何よ、その他人事みたいなリアクションは」

だって、未だに自分のことだと実感が湧かない。

だから、どうも客観的に見ているような気分になってしまうのだ。

「まさかこんな話をされると思ってもみなかったから頭からふっ飛びかけたけど、私、あのときその佑華の旦那様の顔見て引っかかってたんだよね……」

「え？　七央さんのこと？　引っかかってたって何が」

「なんかどっかで見たことあるような……って。で、あの後気になって調べたんだよ、自分のモヤモヤ晴らすために。そしたら、昔モデルやってたんだよ」

「モ、モデル⁉」

今度は私のほうが周囲の注目を集めるような声を上げてしまう。

ハッとして口を押さえ、肩を竦《すく》める。

そう言われて思い返してみると、二度目に会った食事会で、そんな会話もされていた気がする。

「そう。たぶん、彼が高校生から大学生くらいのときじゃないかな。私、お姉が買ってた雑誌毎回勝手に見てたんだけど、その雑誌によく出てたんだよ。専属だったのかな……？　お姉がカッコイイっていつも言っててさ、なんか急に引退したのか出なくなっちゃったとかで騒いでたもんだから、より印象に残ってて」

驚きぽかんとしながら耳を傾ける私を、亜紗美は「ちょっと佑華、聞いてる？」と視界でひらひら手を振る。

「ああ、うん、聞いてるよ」

眉目秀麗で、その辺の男性の中に入れれば文句なく抜きん出ているとはいつも思っていたけれど、まさか本当にモデルなんてやっていた過去があったとは驚き。でも十分納得もいく。

「それをさ、今日会ったらネタのひとつとして話そうと思ってたわけよ。この間の旅行のときの、パイロットの人覚えてる？ってね。それが、まさか佑華と契約結婚だなんて……」

亜紗美はやっと興奮が収まってきたのか、話し方も普段通りに落ち着いてきている。ソーサーからカップを取ると、紅茶に口をつけた。

「え、ていうか契約結婚って、そもそも普通の結婚とどういう風に違うの？」

「ああ……いろいろ違うよ。そもそも、私たちの場合はお互い条件をのんで結婚したっていう感じだから、好きとか嫌いとかないし、本当に仕事の契約みたいな」

自分で言ってみて、そんな表現がしっくりくると思った。

感情を伴わない、契約結婚。

互いの利益のため、契約を交わしたビジネス……。

「仕事の契約、か……。でもさ、一緒に住んでるわけでしょ？　男女が同じ家にふたりきりで住んでるんだから、それはまぁそれなりに何か起こるでしょ？」

亜紗美は妖《あや》しい笑みを浮かべて私をじっと目で問い詰める。

そんな質問をされて、この間の出来事が脳内ではっきりと再生された。

なんの前触れもなく、出がけに奪われた唇。

あの少し前、そんなシチュエーションを勝手に妄想して自爆した私は、まさか本当にキスをされてしまうなんてこと考えるはずもなかった。

ただただ驚いて、怒ることも抗議することもないまま、逃げるように玄関を飛び出していた。

その日は、気が緩めばそのことで頭がいっぱいになってしまい、仕事中にも何度も七央さんのことを思い出してしまった。

あのキスに、間違いなく深い意味はない。

七央さんみたいな人にとったら、きっと大した行為ではないということで……。

その証拠に、あれから一週間が過ぎているけれど、その後七央さんが私に同じようなことをする気配はない。

寝室を共にした日も数日あったけれど、各々ベッドの端同士で勝手に眠っている感じだ。

私は未だに思い出してしまうときもちょこちょこあるけれど、七央さんのほうはもう忘れてしまっているかもしれない。

それくらい、彼は私に普通に接してくる。

だから私のほうも、あまり深く考えないで夢だったのかもしれないくらいに思うように最近心がけている。

「あ。やっぱりそうなんだ。すでに一線は越えてるんだ？」

「い、一線て、越えてないし。そんなわけないじゃん」

慌てて否定。

私の妙な様子で、亜紗美は大きく勘違いした模様。

一線だなんて、とんでもない！

「えー、うそ。本当に？　意外とそこら辺お堅いの？」

「いや、ほんと亜紗美が思ってるような感じではないんだよ。私たちの関係はビジネス、なんだから」

「ビジネス、ねー……なんか難しいけど、私だったら気持ち入ってきちゃいそうだな」

ポットから紅茶を注ぎ、その脇に置いてある砂糖の塊をカップに入れながら亜紗美は言う。

「気持ち？」

「うん。はじめはそういう事務的な関係でも、一応結婚なわけじゃん？　一緒にいるうちに、情じゃないけどお互いのことが好きになっていったりさ」

「うーん……」

それは、今のところなさそうだ。

七央さんは優しい人だと思うけど、それは私に特別な感情があるからではなく、生活を上手く送るためという目的があるから。

私のほうだって、七央さんに対して特別な感情は持ち合わせていない……はず。

もし今回の契約なんて関係がなかったら、七央さんのような完璧な男性とお近づきになることなんて私には有り得なかった。

　恐れ多いし、いろいろな意味で身が持たない。

　何事も、ご分相応というのが一番だと思っている。

「まぁまぁ、今後の報告も楽しみにしてるからさ。あー、しかし佑華がいきなり結婚しちゃうなんて、いきなり私置いていかれたじゃん。これから誰と遊べばいいのよ」

「えっ、それは今までと変わりなくだし。これからも亜紗美とは同じように会うけど」

「ほんとにー？　彼にかまけて私をおろそかにしないでよね」

「しないから。今まで私が亜紗美をおろそかにしたことなんてないでしょー？」

とんでもない話をしても亜紗美は相変わらずで、ちゃんと受け止めてくれたことにホッと安堵する。

　そんな言葉を交わしながら、手元の時計にちらりと目を落とした。

「今日、夕方から予定あるんでしょ？　もしかして、彼と？」

「うーん、彼というか、そのご両親と……」

　休みを合わせて、近いうちに七央さんのご両親に会うという約束をしていた。

　その約束がいよいよ今晩に迫っている。

「マジか。向こうの親に会うとか、そういう儀式的なことはちゃんとやるんだね」

「それが契約結婚に踏み切った一番の理由みたいなんだよね」

「え？　どういうこと？」

「なんか、結婚を急かされてるみたい。身を固めたほうがいいみたいな、そういう感じなのかね？」

七央さんの話から推測するところ、ご両親は結婚を物凄く勧めていると思われる。お見合いの話だって積極的みたいだし、早く七央さんに相手を見つけて結婚してほしいようだ。

そんなご両親に今日紹介されるわけで、今からすでに胃がキリキリと痛い。なんとかその前に大好きなスイーツで少しでも気分を落ち着かせようと思って今日は亜紗美を誘ったけれど、刻一刻とその時間が近づいていると思うと落ち着かない。

「うわー、それはなんか緊張するね。相手の親ってだけで緊張するのに、推しが強そうじゃん。品定めもされそう」

「ちょっと、会う前から脅さないでよ」

「あー、ごめんごめん！　品定めされたって大丈夫だって。佑華は可愛いし愛想もいいし、助産師っていう肩書きもあるんだから。完璧じゃん。あ、だから彼がスカウトしてきたのかもね、佑華のこと」

全然そんな風に思えない自信のない私は、肩を落として取っておいた大好きなタルトを取り皿にのせる。

フィリングの上にたっぷりヨーグルト風味のクリームがのったタルトには、マンゴーにオレンジ、キウイなどの色とりどりのフルーツが飾られ、ひと口食べるとフルーツとクリームの爽やかな甘さが口いっぱいに広がった。

「とにかく大丈夫だって。にこにこしてればなんとかなるよ。ね？」

品定めなんて脅しておいて大丈夫とまとめた亜紗美をジト目で睨み、少しでも気分を上げようと残りのタルトを味わって食べた。

今朝の情報番組のお天気コーナーで、関東も梅雨明けが発表されたと気象予報士が爽やかに話していた。

今年は梅雨の時期も雨が少なく、例年に比べて降水量はなかったという。

確かに、雨が続いて肌寒い日があったりする梅雨の時期とは思えないほど、すでに暑い日が多かった。

亜紗美とアフタヌーンティーを楽しんだ後、私はそのままホテルのロビーで七央さんを待った。

約束の時間にはホテルの車寄せに七央さんが迎えに現れ、車へと乗り込む。

七央さんは今日は早朝から国内線のフライトで、夕方に仕事を上がって私をわざわざ迎えにきてくれた。

車に乗り込みながら「お疲れ様でした」と自然と声掛けが出てくる。

普段、仕事にはほとんどカジュアルな私服で出勤していく七央さんだけど、今日はスーツの装い。

自分の親に会うわけだけれど、今日が特別な日だということをその姿が物語っていて、私の緊張も少しずつ募っていく。

「今から実家に向かう」

「え、七央さんのご実家に？」

「母親が佑華を招待したいって」

てっきり、どこか外のレストランかなにかで顔を合わせるとばかり思っていた。

七央さんの実家を訪問するなんて思ってもみない。

これは更なる緊張を強いられる予感しかしない。

膝の上に置いた紙袋の中をちらりと覗き、小さく息をつく。

さっき亜紗美とアフタヌーンティーをしたホテルのティールームで、焼き菓子の詰め合わせを買っておいたのだ。

初対面の挨拶としてご両親に渡そうと思って一応買ったものが、実家を訪問するという展開で絶対的に必要なアイテムになった。

今日の自分はなかなか冴えていると心の中で褒めてあげる。

「なんか、緊張しますね」

静かな車内でぽつりとそう言うと、七央さんは運転席でフッと笑った。

「大丈夫。いつも通りに振る舞ってくれれば、何も問題はない」

「いつも通り、ですか……。でも、ご両親、七央さんにお見合いをしてまで結婚してほしいと思っていたんですよね？　結婚に対してお厳しいのでは……」

亜紗美の脅しじゃないけど、品定めはやっぱりされると思う。

今まで、付き合った人の親に会ったという経験はない。

それを飛び越えて結婚相手のご両親に会うということになるなんて、チュートリアルもぶっ飛ばしていきなりラスボスを目の前にするようなものだ。

心していかないとあっという間にゲームオーバーだ。

「俺は佑華に不足はないと思ってる」

「本当ですか……？」

「自信をもって結婚相手だと紹介する気でいるから」

〝契約〟結婚だということを一瞬忘れ、七央さんの言葉に鼓動が跳ねる。

七央さんにとってみれば、今日はご両親に自分が結婚をして落ち着いたことをアピールする大事な日なわけだ。

今日を成功させてご両親に安心してもらえば、七央さんのこの契約結婚の目的は果たされる。

契約をしたからには私にだってミスは許されない。

実は契約結婚だということを隠して挨拶に伺うと思うと、明らかにご両親を七央さんと共に騙す共犯者なわけで、そこはやっぱり心苦しいけれど……。

高速に乗って向かった七央さんのご実家は、東京に隣接する千葉《ちば》県の住宅地にあった。

予想はしていたけれど、すごく立派な二階建ての持ち家。

庭も広く、ガレージには高級車が二台停められていた。

「じゃあ、よろしく」

いよいよ玄関を前にして、七央さんがそっと私の背に触れる。

それが無言の〝健闘を祈る〟みたいなものに感じて、小さく頷いた。

「……はい。よろしくお願いします」

お父様は七央さんの会社で同じく現役パイロットだと聞いている。

そんなお父様を支えてきたお母様はどんな方だろう？

仲のいいご夫婦みたいだけど、お父様と同じく七央さんがパイロットを目指したあたり、厳しい部分もあったのだろうかと想像する。

重そうな玄関扉を開くと、すぐに奥から「おかえりなさい」と女性の声が聞こえてきた。

小走りで出てきたのは、すらりとした年配の女性。

黒髪を後ろでひとつに束ね、ボウタイブラウスにタイトロングスカートを上品に着こなしている。

ひと目見て、七央さんのお母様だというのがわかった。

すっと通った鼻筋と、薄い唇はお母さま譲りのようだ。

出てきたお母様の視線がすぐに私へと向けられる。

張り詰めた緊張の中、体が勝手にぺこりとお辞儀をしていた。

「こちら、宇佐美佑華さん」

「初めまして。宇佐美と申します」

七央さんに紹介されて名乗ると、お母様はすぐに目尻を下げて微笑む。

その柔らかい表情を目の当たりにして、募っていた緊張からほんの少し解放された。

「ようこそ。お会いできるのを楽しみにしていたのよ。七央の母です」

お母様は「よろしくね」と言い、スリッパを出して「上がって」と迎え入れてくれる。

「失礼します。お邪魔します」

最悪、〝大事な息子を私から取っていくのはあんたね〟みたいな、そんなバチバチなお母様の可能性も視野に入れていた。

そのときはとにかく穏便にその場をやりすごそうと覚悟も決めていたけれど、ファーストコンタクト、それは杞憂《きゆう》だったようだ。

「あの、これ。つまらないものですが」

「あら、気を使わなくていいのよ。今度からは手ぶらで来てね」

そう言って受け取りながらも、「ここのホテルのお菓子、美味しいわよね！」と喜んでくれるところがありがたい。

「父さんは？」

「リビングでお待ちかねよ」

そんな親子の会話を受けて、再び緊張が高まる。

案内されてお邪魔した広々としたリビングには、お母様の言っていた通り七央さんのお父様がひとり私たちの到着を待っていた。

「七央と佑華さん、いらしたわよ」

お母様に声をかけられたお父様は、かけていたソファーからすっと腰を上げる。

立ち上がると七央さんのように上背があり、オールバックにした髪はきっちりと撫でつけられていた。

七央さんの切れ長の目はお父様譲りで、精悍《せいかん》な顔立ちや雰囲気もよく似ている。

七央さんが歳を重ねていけば、このお父様のようなダンディーな男性になるのだろうと容易に想像がついた。

「ようこそ、遠いところを疲れたでしょう。七央の父親です、初めまして」

パイロットだというお父様は、第一印象は物腰の柔らかい方だった。

気遣われて恐縮する。

「いえ！ とんでもないです。お招きいただきありがとうございます。初めまして、宇佐美佑華と申します」

ぺこりと頭を下げて挨拶をすると、お父様は柔和な笑みを浮かべて七央さんに目を向ける。

「七央、ずいぶんと美しくて素敵な女性を捕まえたじゃないか」

そんな冗談を言ってその場を和ませてくれるお父様は、どうやらユーモアもある方のようだ。

「本当ね。七央にこんないいお相手がいるなんて全く知らなかったわよ。もっと早く連れて来てほしかったわ」

ご両親どちらとも歓迎してくれている様子で、心の中で『よかった……』と呟く。

後は粗相のないように、結婚相手をバッチリ演じればいい。

「さぁ、いろいろお話ししながら食事にしましょう。佑華さん、座って。七央も」

お母様はそう言って、早速大きなダイニングテーブルへと促す。

そこには、ところ狭しとたくさんの手料理が用意されていた。

「でも、まさか七央のお相手が助産師さんなんて思いもしなかったわ。ね、繁明《しげあき》さん」

「ああ、そうだな。立派なお仕事に就かれてる」

テーブルにつき改めて自己紹介をし、それから乾杯をした。

お母様の手作りの料理は、ミートローフにキッシュ、カルパッチョやサラダと、時間をかけて用意してくれたのが凝った料理から伝わってくる。

お母様が取り分けてくれたカルパッチョをいただき始めたところで、話題は私の仕事のことになった。

「出産に携わる仕事だから、夜勤は絶対よね？」

「私は、勤務が大学病院なので、そうですね。夜勤と日勤とをシフトで」

「そうよね。昼夜逆転する仕事は大変じゃない？」

「そうですね……仕事に就いたばかりの頃はリズムを掴むのに少し大変でしたけど、もう今はそれが普通になりました」

お母様は息子の結婚相手がどんな仕事をしているのか、やはり気になるのだろう。

お父様のほうはどっしりと構え、お母様の横で話を頷き聞いている。

「でも、助産師さんなら今後子どもができたときも安心ね」

お母様がいきなりそんなことを口にして、思わず咀嚼《そしゃく》していたカルパッチョを吹きそうになってしまった。

誤魔化すように膝に用意しておいたハンカチで口元を押さえる。

すると、横から七央さんが小さくため息らしきものをついたのが聞こえた。

「母さん、気が早すぎ。そういうの、嫁さんに言う姑は嫌われるってよく言うだろ」

ずばり鋭い指摘をする七央さんに、お母様は即「違うわよ！」と否定する。

「いずれ、の話よ。今すぐなんて言ってないわ。そもそも母さんはね、子どもが生まれる前の夫婦の時間はたくさんあったほうがいいと思ってるのよ？」

そう言って「今のうちよー、ラブラブできるのは」と、取り皿の上の料理がなくなったお父様の取り分けを始めた。

こうして家族の雰囲気をみていると、仲のいい家族なんだろうなと空気で伝わってくる。

明るくムードメーカーなお母様を、穏やかなお父様が優しい眼差しで見守っているのが素敵だし、七央さんもご両親と仲がいいのがよくわかる。

訪問するまでは、堅苦しいエリート一家だったらどうしようとか考えていたりしたけれど、それは私のいきすぎた妄想だった。

「仲のいいご家族で、羨ましいです」

つい思ったことを口にすると、お母様は嬉しそうに「本当？　嬉しいわ」と微笑む。

「私、もう両親が他界しているので、家族のこういう雰囲気って大人になってから味わったことなくて。なので、今日お邪魔できて嬉しいです」

嫁いできて家族に入ったといっても、嫁という存在は所詮他人だ。

そんな立場の私が、しかも実は契約結婚だという私が、こんなことを言ったらおこがましいかもしれない。

言ってみてそんな風に思った矢先、お母様が少し声のトーンを落として「そうだったの」と私に寄り添うような優しい笑みを浮かべてみせた。

「佑華さん、まだお若いのに、それは辛い思いもしたわよね」

「もう、大分時間も経ってしまったので、今はもう大丈夫です。すみません、こんな話」

両親がもういないなんて、どこか暗い話題を持ち込んでしまったと、何か別の話題でもないかと考えだしたとき、静かに食事をしていたお父様が「佑華さん」と私を呼んだ。

「あなたももう、うちの家族の一員だ。だから、これからはここを自分の実家だと思ってくれていい」

お父様がそう言うと、それを聞いたお母様がすかさず「そうよ！」と明るい声で同意した。

「これからは、私たちのことも本当の両親だと思ってちょうだいね」

かけてもらった言葉に、胸の辺りがジーンと温かくなっていく。

まさかそんな風に言ってもらえるとは思わず、思わず涙腺が緩みかけてしまった。

「嬉しいです。ありがとうございます」

頷き、そう言うのが精一杯で、浮かびそうな涙は瞬きを止めて乾かす。

温かい言葉に感激した半面、この優しく温かいご両親を実は騙してしまっていると思うと、ほかほかになった心臓に鋭い針が突き刺さる思いだった。

食事を終え、お茶までご馳走になり、食器の片づけを申し出ると、「今日は初めてだしお客様でいいのよ。次回からね」と、お母様にやんわりとお断りされた。

夕方六時前に訪問して、あっという間に九時前。

そろそろ帰ろうという雰囲気になったとき、お母様が思い出したように「そうそう」と七央さんに声をかけた。

「美鈴《みすず》ちゃんが帰ってきたのよ、一昨日」

「へぇ、そうなんだ。今度はどこ行ってたんだっけ?」

「しばらく韓国《かんこく》にいたのよ」

横で弾む会話の中に出てきた〝美鈴〟という名前に自然と耳が反応する。

七央さんには妹がいるとは聞いてたけど、妹さんのことかな……?

玄関へと出ていくと、お父様とお母様のふたりも見送りに出てきてくれる。

ドアを開けて石畳の小道を門まで歩いていくと、突然、家の前から「七央！」という女性の弾んだ声が聞こえた。

門の向こうでこちらに向かって頭上に挙げた手をぶんぶんと振っている女性。

ワンレンの黒髪ロングヘアは胸下ほどの長さで、手を振るたびに胸の前で揃った毛先が揺れている。

遠目からだけど、はっきりとした顔立ちの美人だ。

年の頃は私と同じくらいか、少し上くらいか……。

「よかった、会えた！　聖子《せいこ》ママから昨日聞いてたからさ、今日七央が帰ってくるって」

七央さんのことを呼び捨てで呼び、お母様のことを名前プラス〝ママ〟呼びした女性は、自分の家のように門を開け、敷地内へと入ってくる。

やっぱり妹さん？なんて思った矢先、私のそばにいたお母様が小声で「おとなりの、七央の幼なじみ」と教えてくれた。

「久しぶりだな。元気そうで何より」

「七央もね。繁明パパから聞いたよ、機長になったんだって？　おめでとうじゃん」

「ああ」

「私のハワイ行きに乗務したときは、コーパイだったのにねー。今度は七央がキャプテンのジェットに搭乗させてもらわなきゃ」

盛り上がる空気に邪魔にならないように控えていると、彼女の視線が私へと向く。

どきりとしたと同時、彼女が笑顔で「こんばんは！」と私に挨拶をした。

「ちょっと七央、知らぬ間に結婚するんだって？　聞いてないし」

「言ってねぇし。言うタイミングなかっただろ、久しぶりに会ったんだから」

「そうだけど、びっくりじゃん私が」

仲がよさそうなふたりの会話を見守りつつ挨拶するタイミングを見計らっていると、彼女のほうが先に「初めまして」と明るい声音で声をかけてくれた。

「嘉門《かもん》美鈴です。この隣が実家で、七央とは古い付き合いなんです」

笑うと頬にえくぼができ、美人だけど可愛らしい。

初対面でも臆しない様子に、私のほうが圧倒されてしまう。

「初めまして。宇佐美佑華です」

軽く頭を下げて名乗った私に、美鈴さんは握手の手を差し出した。

「佑華さん、可愛い名前。これからよろしくね」

「もういいか」

このまま話が長引きそうな雰囲気の間に割って入り、七央さんが「佑華、行こう」と私の背に手を添える。

「あ、はい」

「もう、せっかちねー。佑華さん、またね」

美鈴さんとご両親に見送られ、自宅前に駐車している車へと乗り込んだ。

なんか……パワーのある人だったな……。

「悪かったな」

「え……？　何がですか」

「帰りがけに、うるさいのに捕まって」

車を走らせてすぐ、沈黙を破った七央さんは美鈴さんのことを謝る。

〝うるさいの〟なんて言うのは、気心の知れている証拠だ。

「いえ、全然。元気な方でしたね。パワフルっていうか」

「ああ、昔からああだ。変わらない」

ちらりと、運転する七央さんに目を向ける。

口調は素っ気ないけれど、その表情は穏やかでむしろ柔らかく感じる。

おとなりに住む幼なじみで、大人になって会ってもあそこまで仲がいいなんて、もしかして昔付き合ってたりとか、そういう関係だったりして……。

勝手な妄想を繰り広げながら、流れる景色に目を向ける。

高速道路に乗ると、前を走る車のテールランプを見つめていた。

「あの……コーパイって、なんですか？」

しばらく続いていた沈黙を突然破ると、七央さんは「え？」と反応する。

「あ、さっき言ってたのを聞いて、ちょっと気になったもので」

美鈴さんが七央さんに言っていたことだ。

聞きなれないフレーズが耳に残っている。

「ああ、コーパイは、副操縦士のこと。業界用語みたいなもん」

「へぇ……そうなんですね。じゃあ、さっきの美鈴さんも七央さんと同じ業界のお仕事に就かれているとか？」

「いや、あいつは全然違う仕事。フリーのカメラマンで、海外に滞在してることが多いんだ」

てっきり同じような業種なんだとばかり思っていた。

それなのに七央さんとの会話で航空業界の専門用語が出てくるなんて、なんだかすごい。

「となりとは親同士が仲良くて、うちの父親がパイロットだったから、子どもの頃から見聞きして入った知識だな。プラス、知りたがりなタイプだし。俺より父親にいろいろ聞いてた記憶がある」

「そっか、それで……」

子どもの頃から、七央さんのご両親にも懐《なつ》いていたのだろう。

さっきの様子をみれば容易に想像がつく。

「佑華も知りたい？」

「え？」

運転席に顔を向けると、真っすぐ前を見て運転をしている七央さんは横顔にほんのりと笑みを浮かべる。

「家では仕事の話はしないけど、佑華が聞きたいことがあればなんでも教える」

もしかして、美鈴さんの話を聞いたことで、変に気を使わせてしまっただろうか。

そんなつもりは全くなかったから、途端に慌ててしまう。

「あ、いえ、違うんです。そういうつもりで聞いたわけではなくて……でも、ありがとうございます」

「俺も、佑華の仕事のことは全く何もわからない。だから、機会があればこれから色々聞いてみたい」

「それは、全然なんでも聞いてください！」

表向きの関係だけはどんどん進んでいるけれど、出会ってからまだ半年にも満たない私たちは、お互いのことを多くは知らない。

さっき会った美鈴さんのほうが、間違いなく七央さんのことをたくさん知っているのだろう。

わずかに心のどこかに突っかかりを感じながらも、気にしないようにそっと蓋をし葬った。

帰宅後、シャワーを浴びて寝る前の身支度を整え寝室に入ると、そこに七央さんの姿はまだなかった。

いつも通りベッドの右端に横になり、仰向けで天井をぼんやりと見つめる。

徐々にうとうととし始めたとき、ドアが開く音に意識が連れ戻された。

「悪い。起こしたか」

「あ、大丈夫です」

入ってきた七央さんは、私同様いつも自分が寝ている側からベッドに上がる。

仰向けのまま天井に埋め込まれた照明を見ていると、目の端に七央さんが横になったのが映った。

「今日は実家まで来てもらって悪かった。ありがとう」

しんとした寝室に七央さんの低く落ち着いた声が響く。

反射的に横に顔を向けて見えた七央さんは、私が今していたように天井に目を向けていた。

「いえ。こちらこそ、ありがとうございました。素敵なご両親ですね」

「そうか。そう言ってもらえると俺も嬉しい」

また会いたいなと、単純に思う。

だけど、それは敢えて口にはしない。

この先にその機会があるかわからないし、この関係もいつまで続くのかわからない。

私は、本当に嫁いだわけではないから。

「おかげで、両親も安心したと思う。今日の様子じゃ、ふたりもかなり佑華のことを気に入ったみたいだった」

「それならよかったです。私で大丈夫かなって、思っていたので……」

「これで、ひとつ目的は達成できた」

「私と結婚するとなれば、もう今後、お見合いしろとは言われないですね」

七央さんが契約結婚をしたいと望んだのは、早く身を固めてほしいご両親がお見合いを勧めて、それから逃れたいと思ったから。それだって苦渋の決断だったはず。

その目的が達成されたとなると、この契約結婚の意味は……？

「でも、この結婚生活はこの先も続けていきたいと思っている」

「え……？」

「うちの両親のことだから、そのうちここにも訪れたいと言い出すと踏んでいる」

続けたいなんて言われて、一瞬ドキッとしたのもつかの間、ああ、そういうことかと納得する。

さっさと解消すれば、もしそういう事態になったときに困るのは七央さんだ。

「わかりました。私は構わないです」

今日はなんか変だ。

心がざわざわして、落ち着かない。

いつもは静かな水面に、細かな波紋が広がっていくような……そんな感じ。

「佑華」

落ちた沈黙の中、七央さんが私を呼ぶ。

顔を横に向けると、私の視線を感じ取ったように七央さんもこちらを向く。

そして、私側の腕をこっちに伸ばした。

「そろそろ、もっとこっちに来ないか」

思いもよらない言葉をかけられ、途端に鼓動が弾む。

どう反応したらいいのかわからず、七央さんの顔をじっと見つめてしまう。

視線が固定されてしまったような私を、七央さんはフッとおかしそうに笑った。

「別にいきなり襲ったりしないし、触れもしない。ただ、もう少しそばで眠るくらいしても、罰は当たらないと思わないか？　一応、夫婦なんだから」

「それは……まぁ……」

「どうしても近づきたくないと言うなら無理強いはしない。嫌われて、契約を解消したいなんて言われたら――」

「そんなこと言いません！」

七央さんの声に被せるようにして言い返してしまう。

そんな私に、七央さんは口角をわずかに上げた。

「なら」

七央さんの手が、私の返事を待つように差し出される。

心音が外に漏れているんじゃないかと思えるほど、大きな音を立てて鳴っていて苦しい。

「これも、その……リハビリの一環ってことですか？」

「いや、今はそういうの関係なく、俺が佑華に近づきたいだけ」

さらっと返ってきた言葉に、心臓が更なる爆音で高鳴った。

何、それ……そんなこと言われたら……。

指先が触れたら、このドキドキが伝わってしまわないか。

そう思いながらそっと七央さんの指先に手をのせた。

触れ合うと掴まれた手が引かれ、自分の意志で体を起こす。

お互いに端から中央に体を寄せると、腕が触れ合うほど近くに体が並んだ。

ずっと使っていなかったベッドの中央に初めて横になる。

鼓動の高鳴りに全身が包まれているようで落ち着かない私は、「あの……」と誤魔化すように声を上げた。

「ひとつ……訊いてもいいですか？」

沈黙したままになるのは間が持たない気がして、訊こうと思っていたことをタイミングよく思い出す。

天井を見つめたまま、そっと口を開いた。

「こんな形ではなく……誰かと、恋愛結婚をしようとは思わなかったんですか？」

いずれ結婚をするときがくるなら、私は恋愛をして結婚したいと、以前契約結婚の話を持ち掛けられたときに主張した。

そのとき、七央さんもその考えに同感だと言っていた。

だけど、こうしてなんの好意も持てない私と契約結婚なんかしている。

お見合いを回避するために時間がなかったとはいえ、今となっては後悔してないのかと思ってしまう。

「恋愛ということが、俺にはよくわからない」

「え……？」

勇気を出して顔を横に向け、七央さんの様子を窺う。

七央さんは私と同じように天井をぼんやりと見つめていた。

「というより……怖い、のかもしれないな」

七央さんの口から〝怖い〟というフレーズが出てきたことに目を丸くしてしまう。

そんな言葉は、何事も完璧な七央さんには不釣り合いだ。

「怖いって、何か……トラウマとか？」

「トラウマ……いや、そんなわかりやすいことじゃない」

過去を振り返ってなのか、七央さんはフッと苦笑する。

そして、意味深に小さなため息を落とした。

「今まで誰も……俺を本気で想ってくれた人間はいなかった」

え……？

それは一体どういう意味なのか。

深そうな話の先を、訊き返していいものなのか言葉に詰まる。

「って、もうどうでもいいだろ、そんな俺のつまらない話は」

深掘りするかもたもたしているうちに、七央さんは話を自ら終わらせてしまう。

そのまま「おやすみ」と七央さんが言うと、寝室には沈黙が落ちた。

七央さんは言っていた通り真横にいる私に触れることはしなかったけれど、色々なことを考えると久しぶりに目をつむったままなかなか夢の世界に旅立てなかった。

9、少しずつ近づいて

「じゃあ、明日十七時にします」

甘い香りが充満するそんな幸せな空間で、受付伝票を受け取る。

それをお財布の中にしまい、弾んだ気持ちでお店をあとにした。

「まだ、寝てるか……」

買い物した荷物をぶら下げたバギーには、お昼寝中の杏莉が乗っている。

日よけからちらりと覗くと、すやすや気持ちよさそうに眠っているのが見えた。

今日は、事前に有休を取っていて丸一日休み。

休みを取ったのは、明日が七央さんの誕生日だと知ったから。せっかくだからお祝いしましょうと、私から提案したのだ。

その準備をするために、元々休みだった明日と続けて休暇を申請した。普段有休を取ることをしないからか、案外簡単に休みをもらえて助かった。

その主役となる七央さんは、今はフランス、パリに飛んでいる。

明日のお昼過ぎには日本に帰ってくるから、それまでに準備を済ませておきたい。

なるべく日陰を通るようにして、太陽から逃げながら先を急ぐ。

今朝、買い物に出かけようと準備をしていると、もし休みなら数時間だけ杏莉をみていてほしいと佑杏から連絡が入った。

これまで、私からのお節介で杏莉を預かることは何度もあったけれど、佑杏からお願いする形で杏莉のことをみてほしいと頼まれたことはない。

成海先生方の親族関係で数時間出かけると言っていたから、何やら急用のようだ。

私のほうはちょうど休暇を取っていたから、数時間杏莉をみているのは構わないと預かった。

だけど……連れ出すには可哀想な猛暑。

空調の効いた場所から外に出た途端、私の額にもじっとりとすぐに汗が浮かんできていた。

バギーには保冷剤を入れたりして対策はして出てきたけれど、短時間の外出じゃないと熱中症の危険がある。

目が覚めたらすぐにお茶を飲ませないといけない。

今日はこの後、成海先生が杏莉を引き取りにマンション前まで来てくれる予定になっているから、佑杏に頼まれた時間に間に合うように帰宅する。

七央さんの実家を訪れてから、もうすぐ二週間。

ご両親に挨拶をし、その晩から離れて寝るのをやめてから、七央さんとの距離が少し縮まった気がしている。

特別、何か大きな出来事や変化があったわけではない。

けれど、一緒に暮らす中で時間を共有すること、他愛のない会話でも交わすことは大切だと日増しに感じている。

その中で、互いのことを少しずつ知ることができるからだ。

明日の七央さんの誕生日だって、何気ない会話の中で知り得た情報だった。

でも、そんな風に感じているのは私のほうだけかもしれない。

契約結婚という特殊な関係を求めた七央さんは、自分の平穏な毎日のために私との契約を続行している。

食卓を囲んだり、家事を共同作業で片付けたり、そんな時間を過ごすと本物の夫婦のような錯覚に陥るけれど、はじめに交わした契約書通り、家での働きに対しての報酬がきっちりと私には振り込まれてきている。

七央さんから入金されてきた記録を目にするたび、現実に引き戻されるような、どこか虚しさのようなものを感じてしまう。

自分だって納得の上で割り切って交わした契約なのに、今更何を複雑な気持ちなんか感じているのだろうと思うけど……。

私らしくもなく、うじうじ考えることも最近増えてきているけど、今日明日はお世話になっている七央さんに日頃のお礼の気持ちも込めてお祝いをすることに尽力するのみ！

私が盛大に祝って喜ぶのかは謎だけど、少しでも喜んでもらえたら嬉しい。

後は、いつものスーパーで買い物をして帰れば、成海先生が迎えにくるという約束の時間にちょうどいいくらいだと思われる。

買い忘れをしないように頭の中であれこれ材料を繰り返しながら、足早にバギーを押していった。

――Side Nao

フライト後の打ち合わせ――デブリーフィングを終えると、俺はいち早く立ち上がり足早に席をあとにした。

更衣室に急ぐ背中に、「お疲れ様です」と声をかけてきた森川が横に並んでくる。

「お疲れ」

「桐生さん、今日はやけに急いでません？　デブリ後に一目散なんて珍しい」

鋭いツッコミにちらりと横の森川に目を向けると、にっと笑って探りたそうな顔をしている。

「奥さんと約束があるから」

隠さずはっきりとそう答えると、森川は自分にツッコミを入れるように額をぺちっと叩く。

「やっぱりかー」

「予想がついているのにいちいち聞くな」

「いや、そうなのかなーとは思ったんですけど、訊いてみたくなるじゃないですか」

森川は「そっか、そっかぁ」となぜだか嬉しそうに納得する。

佑華と契約結婚をしてから、職場でも結婚をしたことを公にした。

父親と同じ職場だから結婚報告は同時に行わないといけない部分もあったが、思いの他いい効果も得られている。

面倒な飲みの席への誘いや、うんざりしていたしつこいＣＡからの連絡もぱたりとなくなったからだ。

俺にとってはいいこと尽くめ。契約結婚をして本当によかったとしみじみ思っている。

「でも、桐生さんの奥さんってどんな人なのかって、CAたちが噂してましたよ。桐生さん、何も話さないからみんなの妄想が炸裂してて」

「人のことでずいぶんと盛り上がってくれてるんだな」

どこか楽しそうな森川にちらりと視線を送ると、森川はぎくりとしつつも「へへっ」と笑ってみせる。

結婚したといっても、相手に関しては職場の人間は誰も知らないところ。

あのはじめの食事会に参加していた森川や他のメンバーたちが、結婚相手が佑華だと知ったらかなり驚くに違いない。

どうしてそんなことになったのかと騒がれるのも面倒だから、わざわざ今は言う必要はないと思っている。

あの食事会後、参加していた女性陣についての話題になると、「助産師だって言ってた宇佐美さん、可愛かったよな」と、佑華は男性陣の一番人気を獲得していた。

相手側の参加者の中で一番静かに黙々と食事をしていた佑華は、後から聞けば俺と同じく人数あわせの付き合いで参加したとわかった。

そんな〝人数あわせ〟のふたりが結婚したなんて話題、軽く流してもらえるはずがない。

「じゃ、奥様と休暇楽しんでくださいね」

森川はそう言って、再度「お疲れ様でした」と事務所方面に向かって通路を歩いていった。

着替えを済ませ支度を終えると、目を落とした腕時計の時刻は午後四時を間近にしたところだった。

佑華には、もう一週間近く会っていない。

パリにフライトする前は彼女のほうが夜勤のサイクルで、俺が帰宅する頃の時間にはもう出勤した後というのが何日か続いた。

助産師の彼女とは、そんな風に互いの勤務の状況では顔を合わせない日が続くこともあると生活を共にしてわかった。

駐車場へ向かい、車へと乗り込む。

もうすっかり走り慣れた自宅マンションまでの道を車で走りながら、不意にこの間の佑華のことが脳裏に蘇った。

『せっかくだから、誕生日のお祝いしましょうよ！』

何気なく出た運転免許証の更新の話題で、誕生日がいつなのかと訊かれた。

八月八日が誕生日だから覚えやすいと昔から言われるなんて話すと、『もうすぐ誕生日じゃないですか！』と佑華はパッと表情を輝かせた。

そして即自分の予定を確認し、ちょうど仕事が休みだと声を弾ませた。

正直、彼女が俺の誕生日を祝いたいなどと言ってくるなんて思いもしなかった。

ほとんど頼み込むような形で結んだ、契約結婚という特殊な関係。

彼女にとって俺は、自分の都合で契約結婚なんて関係を迫った、強引で変わった男といったところだろう。

現に、共同生活を始めてからも、彼女はなかなか心を許してはくれなかった。

一緒の時間を過ごす中で、少しずつでも肩の力を抜いてもらえればいい。

やっぱり契約結婚なんて解消してほしい——そう言われないように、日々努めてきた。

その甲斐あってか、常に緊張していた様子は少しずつ緩和され、最近は自然な表情を見せてくれるようになっている。

大好きなスイーツの話題には、本当に目を輝かせて楽しそうに話し、自分の仕事の話をしてくれるときには、普段は見せない凛々しい顔つきで真剣に話す。

案外初心《うぶ》な一面もあって、〝夫婦だから〟と接近したときには動揺して赤面する可愛らしい姿も見せてくれた。

契約結婚の相手は、自分の求める条件に当てはまる相手が見つかれば誰でも構わないと思っていた。

だけど、今改めて考えると、それでよかったのかと疑問は深まる。

それは、今の生活が日増しに大切なものと感じるようになっているから。

佑華が相手だったから、そんな風に思えるのではないかと感じている。

佑華と過ごす時間が、自分にとっていつの間にか癒しで、潤いで——。

他の誰かだったら、今のこんな気持ちは芽生えたのだろうか……？

聳《そび》え立つ住まいのマンションが見えてきて、ちらりと助手席に目を遣る。

今回のパリでのフライトで購入してきた、老舗パティスリーのマカロン。

世界的なマカロンの名店らしく、店を訪れると女性客で賑わっていた。

店舗内装も商品パッケージも女性好みの世界観で、男がひとりで訪れるには多少の勇気が必要な場所だったけれど、佑華が喜ぶと思うと全く苦ではなかった。

喜ぶ顔を思い出すと、最近はフライト先で必死に土産を探し求めてしまう。

今日もまた、目を輝かせて喜ぶ顔を見せてくれるだろうか。

マンションの通りに差し掛かり、正面玄関を通過して地下駐車場入り口を目指す。

ちょうどマンション正面に差し掛かったとき、視界の端に映ったものに釣られるように視線を奪われた。

佑華……？

マンション前の歩道に見えた姿は、間違いなく佑華だと判断がつく。

だけど、一緒にいるのは……？

これ以上脇見をするわけにもいかず、マンション先の道を曲がり停車する。

急いで車を降りて道を戻ると、そこには佑華と、見知らぬスーツの男が対面して話をしていた。

佑華の腕には、なぜだか幼い女の子が抱かれている。

やがて佑華の腕から男の手に子どもが引き渡され、男は停車している高級車に子どもを乗せると走り去っていった。

車に向かって手を振った佑華は、マンションのエントランスに向かっていく。

目撃してしまった光景に、頭の中は混乱を極める。

もしかして、見てはいけないものを見てしまったのか……？

今の男は、一体何者なのか。

あの子どもは？　誰の子なんだ？

車に戻り運転席に乗り込んだものの、ハザードランプを焚いたまましばらくその場を動けなかった。

10、誕生日イヴに求められて

誕生日メニューといえば何がいいのだろうかと悩んで、メインはローストビーフを作ってみることにした。

成海先生がマンション前に杏莉を引き取りに来てくれた後、猛暑でかいた汗を流しにシャワーを浴びた。

その後、早速ひとり買い物してきた材料を広げて調理に取り掛かる。

誕生日前日の今日、下ごしらえしておけるものは準備しておこうと思う。

牛ももの塊肉に下味をつけ、フライパンで焼き目をつけていく。

ローストビーフを作りながら、そのとなりでロールケーキの生地を作っていく。

ケーキは今日、お店でもひとつ予約をしてきている。

それとは別で、手作りのロールケーキを作ってみようと思っていた。

前に、七央さんが私が作ったスイーツも食べてみたいと、何気ない会話の中でちらっと言ってくれたことがあった。

覚えているかわからないけれど、誕生日という機会にプレゼントしたい。

誕生日のプレゼントは……散々考えた結果、いい物が思い浮かばなかった。

考えてみたら、男性へのプレゼント経験というものに乏しい人生を歩んできているが故、こういうときにどうしたらいいのかよくわからない。

大人、男性、誕生日プレゼント、で検索してみても、とてつもない情報量に逆に悩んでしまった。

そうして考えているうちに、ふと、私から誕生日プレゼントをもらっても微妙なんじゃないかという結論に行き着いた。

形として残るものは、もしかしたらもらっても困らせてしまうかもしれない。

本物の彼女や奥さんだったら嬉しいものだろうけど、私は立場的に微妙だ。

そう思うと、手作りケーキあたりがライトでいいんじゃないかとすっきりした。

「おお……ロールケーキの生地って意外と簡単なんだな」

オーブンで焼き上がった生地を取り出し、独り言を呟いていたそんなとき、玄関で物音がしてハッとした。

え……？

七央さんが帰ってくるのは、明日の誕生日の日。

今日は帰ってくるはずがない。

だけどこんなセキュリティ万全のマンションで、不法侵入があるなんて考えにくい。

ということは、七央さんが……？

半信半疑のまま、キッチンを出て玄関へと向かう。

玄関を上がってきたのはやっぱり七央さんで、有り得ない心配からは一瞬で解放された。

でも、なんで今日⁉

「七央さん、おかえりなさい。あの、お帰りは明日じゃなかったんですか？」

「明日？　いや、七日だと言ったはずだけど」

「えぇ！　うそ、じゃあ私、勘違いしてたんだ……。てっきり、お誕生日の日に帰国されるとばかり思ってて。どこで勘違いしたんだろ……」

帰宅したばかりの七央さんを前に、自分の大きな勘違いをぶつぶつ悔いる。

「あの、今私、明日の準備をしてまして。それで今日はひとりだから食事も適当にしようかと思ってて……あっ！　あの、一日早いですけど、今日お祝いさせてもらってもいいですか？」

後は、カルパッチョと生春巻きのメニューを作るだけだから、急げば用意ができる。

急遽にはなってしまうけれど、ローストビーフもケーキももう作れるから大丈夫だ。

「ああ、それは別に構わないけど。当日じゃないとっていうこだわりとかないし」

七央さんの返事にホッとし、思わず笑みを浮かべてしまう。

「よかった。あの、じゃあ先にお風呂でも入ってきてください。お疲れでしょうし。その間に仕上げておきますので」

帰宅したばかりの七央さんに先に入浴を勧め、急いでキッチンに舞い戻った。

いくら考え直しても、誕生日と帰宅日をどうして勘違いしたのかさっぱりわからなかった。

誕生日を教えてもらい、お祝いをしようと舞い上がった記憶はあるけれど、その時点ですでに〝誕生日の日に帰国する〟と、勝手に思い込んで勘違いをしていたのかもしれない。

慌てて用意した誕生日メニューは、前日に準備をしておこうなんて思わなかったら並べることができなかった。

即席でも形になったことにホッとして、ささやかなお祝いの席を用意した。

七央さんは私の想像以上に喜んでくれて、料理もひとつひとつ味わって食べてくれる。

普段、パイロットの七央さんはお酒を飲むことにも制限がある。

乗務する二十四時間前は飲酒ができないし、スタンバイといって待機業務のときも飲酒することはできないと教えてもらった。

普通の会社勤めをしている人に比べたら、お酒を嗜《たしな》む機会というのは断然少ない。

だけど今日は飲んでも大丈夫ということで、スパークリングワインを開けた。

「この生春巻きに載ってるパクチーって……」

「あ、使わせてもらいました。パクチーの鉢から。採れたてです！　あと、このロールケーキの上のミントも」

七央さんの育てるハーブを、こうして料理に使わせてもらうことも最近はちょこちょこある。

使ったと知らせると、七央さんはどこか嬉しそうに反応してくれるから、私もなんか嬉しくなる。

「こういう風にちょっと飾りたいときとか、育ててると気軽に使えて便利ですね。オシャレに見えるし」

「そうか。役立ってるならよかったよ」

他愛ない会話を交わしながら食事を楽しむ。

帰宅後から感じていたことだけど、心なしか七央さんの様子に普段よりも元気が見られないような気がする。

パリへフライトしてきて、疲れているのは当たり前のことだ。

それなのに、帰ってきてすぐに誕生日のお祝いをしたいなんて、迷惑じゃなかっただろうか……？

食事を終えると、食器を下げ紅茶の用意に取り掛かる。

最後に手作りロールケーキにロウソクを立てて、ソファーのローテーブルへと運んだ。

そして、ロウソクの火にちょうどいい暗さにリビングの照明を落とす。

「ケーキなんですけど、実はもうひとつお店で予約していて、それは明日の受け取りなので、今日は私のロールケーキで勘弁してください」

「ふたつもケーキが用意されるなんて、すごいな。佑華らしい」

そう言ってフッと笑う七央さんを目にして、なぜ笑われたのか勘が働く。

「あっ、違いますよ？　私が食べたいからってふたつ用意してるわけじゃ」

すでに言い訳みたいに聞こえるのを誤魔化すように、一本立てたロウソクにライターで火を灯す。

そんな私を、七央さんはまた微かに笑う。

「あ、それから……先に言っておこうかと思うんですけど、誕生日プレゼントも色々考えてみたんですけど、何をプレゼントしたらいいのかわからなくて……なので、今日は用意できてなくて」

「ああ、構わない。そんなことは気にしなくていい」

抑揚のない声でそう答えた七央さんは、ぼんやりとケーキに視線を送っている。

そんな様子を目にして、つい「あの……」と切り出していた。

「大丈夫、ですか？」

「え……？」

「あ、いえ。なんか、お疲れのところにお祝いをしてもいいかなんて言い出してしまって、ちょっと失敗しちゃったかな、と……」

暗くした部屋にロウソクの明かりがひとつ、小さく揺れる。

リビングの向こうの窓から、宝石を鏤《ちりば》めたような東京の街が見えていた。

落ちた沈黙の中、じっと七央さんの顔を見つめる。

ロールケーキに視線を注いでいた七央さんの切れ長の目が私に向いて、どきりと鼓動が跳ねた。

「いや、悪い……違うんだ」

何か言いたいのに抑えているような、そんな様子に高鳴った鼓動が不安な音を立てていく。

私から目を逸らした七央さんを、じっと続きを求めるように見つめた。

「契約結婚とはいえ、場合によっては相手の状況を理解しなくてはいけないとは思ってる」

え……？

一体なんの話が始まったのか。よくわからずきょとんとしてしまう。

「俺も、契約を交わす前に訊くべきだったとは思ってる。でも、もし何か困っていることがあるなら、俺でよければ力になる。だから——」

「あ、あの！」

思わず七央さんの話を止める。

口を挟んだ私を、七央さんはいつにも増して真剣な表情で見据える。

「ごめんなさい……一体、なんの話なのかなって」

「なんの話って、隠さなくてもいい。子どもが……いるんじゃないのか？」

「へ……？」

「今日会ってた男は、昔付き合ってた男なのかもしれないが──」

「ちょ、ちょっと待ってください！」

な、なんかすっごい勘違いされてない⁉

「あの、それってもしかして、今日の夕方の話ですか？」

子ども──そのフレーズでピンとくる。

杏莉を迎えにきた成海先生といたところをもしかしたら見かけて、まさか私の隠し子だとか勘違いして……！

「もしそれを見てだったら、思いっきり勘違いです。というか、私こそ話してなくてごめんなさい」

「勘違い……？」

「今日、マンションの前で連れていたのは、私の妹の子ども、杏莉で、杏莉を引き取りにきたのは、妹の旦那様なんです」

その説明から、今日一日の私の話を説明していった。

佑杏に数時間杏莉を預かってほしいと頼まれていたこと。

成海先生とはたまたま勤務している大学病院が同じで、ふたりが一緒になる前から病院で顔見知りだったという事情。

ふたりの子である杏莉を取り上げたのも自分だと話した。

どこから話せばいいのか手探り状態でまとめた私の話を黙って聞いていてくれた七央さんは、話に区切りがつくと深く息をついた。

ため息とは違う、どちらかというと気が抜けたような吐息。

疲れて帰ってきたところに、無駄な心労をかけてしまったと今更悔いる。

「そう、だったのか……」

「ごめんなさい……ちゃんと全部お知らせしておけば、そんな勘違いさせなくてすんだのに」

「てっきり、もしかしたら昔の男の子を身ごもったことがあるのかと。親権は男のほうにあって、久しぶりに子どもに会ってたのかとか。はじめの食事会のとき、悪い男に騙されてとか、友達が言ってただろ。そんなことを色々考えていた」

七央さんの想像力が思った以上に巧みで、そんなことを考えていたのかと思うとつい笑いが込み上げてきてしまう。

七央さんにとっては真剣に考えていたことだから笑ってはいけないと頭ではわかっているのに、杏莉と成海先生がそんな風に見えてしまったこと自体が私としては有り得ない話すぎておかしい。

「何がおかしいんだ」

「え、あ、いや、違うんです。私にとったら絶対にありえないことだから、姪っ子と妹の旦那様がそんな風に七央さんの目に映ったことがおかしくて――」

突然、なんの前触れもなく二の腕を掴まれ、くすくすと笑っていた声を呑み込んだ。

何事かと顔を上げたときには、引き寄せられるようにして目前に七央さんの首筋が迫っていた。

抱き寄せられて、背を大きな両手に包まれる。

「全然笑えない。俺がどれだけ考えていたかも知らないくせに」

すぐ耳元で聞こえてくる声に、やっと密着している状況を意識する。

心臓が内側から外に向かって叩くように大きく音を立て始めていた。

「でも……それを聞いて、ホッとしてる自分がいる」

抱きしめる腕に力がこもり、七央さんの体温が夏の薄い衣服越しに伝わってくる。

下ろしたままの両手をおずおずと広い背中に回し、私のほうからもそっと抱きしめ返した。

「佑華、抱きたい」

鼓膜を震わせた声に、心臓が止まってしまったかと思う衝撃を受けた。

七央さんの首筋に顔を埋めたまま、瞬きを忘れて静止する。

腕が解かれ顔を上げられないうち、七央さんはソファーから私を抱き上げた。

「七央さんっ」

私の呼びかけにも七央さんの足は止まらない。

あっという間にふたりの寝室に入っていくと、私をベッドに横にし、覆いかぶさるように自分もベッドへと上がった。

目が合うと同時に唇が重なり合う。

「っ……んっ」

この間の触れるだけの口づけとは違う、唇の弾力を確かめるようなキス。

戸惑っているうちに遠慮なく舌が口内に挿し込まれ、ビクッと肩が震えてしまった。

すぐに私の舌は見つかり、熱い舌に嬲《なぶ》られる。

「ふっ……ん、っ……」

唾液が妖しい水音を立てるたびに体温が上昇していくようで、体が勝手に火照っていく。

七央さんは私を口づけから解放すると、そのまま濡れた唇を首筋に這わせた。

熱い吐息に鼓動はますます早鐘を打って止まらない。

部屋着の薄いTシャツの上から胸の膨らみを掴まれて、背中がシーツから浮き上がった。

「あっ、七央さん、待って――」

「待てない」

即答してきた七央さんは、今まで見たことのない熱を帯びた目で私を見下ろす。

その焼けるような視線に何も言うことができなくなって、ただ七央さんの端整な顔をじっと見上げた。

「誕生日プレゼントは……佑華をもらう。今、一番それが欲しい」

鼓動が高鳴りすぎて、上手く呼吸ができない感覚に陥っている。

仰向けで横たわる私の耳元に覆いかぶさった七央さんは、艶っぽい声で「ダメか？」と訊いた。

さっきの口づけと熱を孕んだ視線、そして甘い囁《ささや》きに、もう思考は脳みそが溶けだしてしまっているかのように正常には働かない。

ただ、ひとつだけはっきりしていること……。

「ダメじゃ……ないです」

このまま七央さんの体温に包まれたいと、私の本能がそう答えていた。

11、浮き沈みする気持ち

どこまでも澄んだ青い空に、ギラギラと容赦なく照りつける強い太陽。

お盆も始まりハイシーズンとなった羽田空港は、多くの人で賑わいをみせていた。

展望デッキから見える滑走路では、ジェット機が忙しく離発着を繰り返している。

夏休み中ということもあってか、飛行機に喜ぶ子どもたちが展望デッキには多く見受けられた。

『父親が今月機長を引退する。ダブルキャプテンでラストフライトをするから、見にこないか?』

お盆休みの話題になったとき、七央さんが突然そんな話を切り出した。

今月下旬に六十九歳の誕生日を迎えるというお父様が、このお盆で機長を引退するという。航空法で旅客機の機長として定年を迎えるのが六十八歳だそうだ。

そのラストフライトを、息子である七央さんと業界では珍しいふたりの機長で組んでフライトするらしく、休みが合うなら見に来ればいいと誘われたのだ。

それは休みじゃなくても休暇を取って見に行くべき日。

『行きます！』と即答だった。

七央さんの誕生日をふたりでお祝いした日。

私は七央さんに求められるがまま体を許した。

何度も深く重ねられる口づけに酔い、私のすべてを暴いていくような指先と唇に何度も啼いた。

汗ばみ引き締まった体に鼓動は最速で打ち続け、耳元で「佑華」と何度も名前を口にされるたび、きゅんと心臓が震えた。

あの晩、七央さんは何度も私を求めた。

果てでもまた貪欲に求め、気付けば窓の外が白んでくるほどの時間になっていた。

そんな風に熱烈に求められた翌日、目が覚めると七央さんはすでにベッドにはいなかった。

リビングに向かうと、そのままにしてしまった前日の片付けを七央さんがひとりしているところで、顔を合わせると何事もなかったように「おはよう」と言われた。

私はどんな顔をして会えばいいのかと散々悩んで寝室を出て行ったのに、七央さんのほうは至って普通で、まるで昨晩のことは私の夢だったかのようなそんな感覚に陥った。

あんな濃厚な時間を過ごしたって、七央さんにとってはなんの感情も有しないことなんだと内心ショックを受けた。

もしかしたら、契約結婚なんてこととは関係なく、私を求めてくれているのかもしれない。

私に触れる七央さんが甘く優しく、そして時に激しくて、そんな風な錯覚を覚えてしまった。

だけど、その後は相変わらずの距離間を保ち、私たちは契約結婚の共同生活を送っている。

あの日、七央さんが私を求めたのは、本当に〝誕生日プレゼント〟としてだったのだ。

契約結婚の話を持ち掛けられたとき、自分に将来結婚をすることがあるのなら、そのときはちゃんと恋愛をして結婚したいと七央さんには話した。

そんな私の考えに共感できると、そのとき七央さんは言っていた。

契約結婚として始まったふたりだけど、時間を共有することで互いに好意が生まれ、本物の夫婦になっていくこともしかしたらあるのかもしれない。

『よく考えてみれば、俺たちの関係が恋愛に発展したら、何の問題もなくなるでしょう？』

そんなことも七央さんは言い、契約内容にも盛り込んでいた。

強く意識していないものの、どこかで関係が変化することを考えてしまう自分がいたのかもしれない。

腕時計に視線を落とすと、時刻は午後三時二十分。

フェンスへと近づき両手をかける。

那覇空港十三時十〇分発、十五時二十五分羽田空港着予定の便が、七央さんとお父様が親子でフライトする便だと聞いている。

雲ひとつない青空の遠く向こうから、ジェット機が一機徐々に近づいてくる。

「あれ……かな」

フェンスの隙間から目を凝らすと、尾翼に〝ＪＳＡＬ〟のロゴが入っていた。

予定の時間とほぼ同時刻に姿を現したジェット機に自然と鼓動は高まる。

あのコックピットに七央さんがいると思うと、その機体から目が離せなくなった。

目に焼きつけるように、じっと着陸の瞬間を見守る。

無事地上に降り立ったジェット機に、心の中で「おかえりなさい、お疲れ様でした」と声をかけた。

「――あれ？　佑華さん？」

フェンスに手をかけたまま滑走路を見つめていると、突然横から名前を呼ばれた。

驚いてフェンスから離れ、ぱっと顔を向ける。

そこにあった見覚えのある女性の姿に、思わず「あっ」と声が漏れていた。

「やっぱり佑華さんだ！　やだ、こんなところで会えるなんて奇遇！」

展望デッキでばったり再会したのは、以前七央さんの実家にお邪魔した帰りに挨拶をした、お隣の幼なじみだという美鈴さん。

初対面のときも物怖じしない社交的で明るい人だと感心したけど、それは二度目に会った今も変わらない。

「こんにちは」

あのときちらっと挨拶をした程度で、しかも夜も更けて辺りは真っ暗だった。

それなのによく私のことがわかったなと思いながらぺこりと頭を下げる。

オフホワイトの涼し気なカットワークレースのふんわりとしたロングワンピースに、つば広のストローハットをかぶったバカンス帰りのような美鈴さん。

綺麗な長い黒髪が、胸の下で熱風を受け揺れている。

「佑華さんも繁明パパのラストフライト見に来たの？」

「あ、はい。嘉門さんも……？」

「美鈴でいいって。そう。でも、親子フライトなんてかっこいいよね。聖子ママ、泣いちゃったかな」

完全に停止し、ボーディングブリッジの装着が始まったジェット機に目を遣り、美鈴さんはフェンスに手をかける。

「え……もしかして、お母様はあの機内に？」

「うん。七央から聞いてなかった？　最後だから絶対乗るって」

そうだったんだ……。

「佑華さん、これから七央と待ち合わせ？」

話を切り替えるような明るい調子で訊かれ、「はい」と答えると、美鈴さんはなぜだかぱっと表情を輝かせる。

「私も繁明パパを待とうと思ってるんだけど、お茶でもして待ってない？」

美鈴さんからの思わぬ誘いに面食らったものの、断る理由は何ひとつなく「そうですね」と答えていた。

今日はこのお父様とのフライトで乗務終了だという七央さんと、空港内で待ち合わせすることになっていた。

どこかでひとりお茶でもしてようと思ってたけど、まさか美鈴さんにバッタリ会って、一緒に待つことになるとは思いもしなかった。

熱中症も怖いため、ターミナル内のカフェにふたりで入る。

「佑華さんと会って、ここにいること伝えておいたから」

ドリンクを買い求める間に、スマートフォンを手にしていた美鈴さんはどうやら七央さんに連絡を入れていたようだ。

冷たいキャラメルラテの入ったカップを手に、奥の空いている席へと向かう。

美鈴さんはアイスコーヒーを買い求めていた。

「この間、もっと話したかったなって思ったから、今日会えて嬉しい。七央がさっさと連れ帰っちゃうんだもん」

アイスコーヒーにストローをさし、美鈴さんはカップを私に突き出す。

そして「だから、再会に乾杯」とにっこり笑った。

あのときも目に留まったえくぼに視線を奪われる。

「でも、七央がいきなり結婚してるなんて本当にびっくりした。しかも、佑華さんみたいな可愛い奥さんで更にびっくり」

褒められ慣れていない私は、こういう風に言われたときに反応に困ってしまう。

「いえ」と言って笑みを浮かべ、誤魔化すようにキャラメルラテに口をつける。

外が暑かったから冷たいキャラメルラテがいつも以上に美味しい。

「ねぇ、出会いは？　七央とどこで知り合ったの？」

「えっ」

「よかったら聞かせて？」

いきなりの質問にどきりとする。

考えてみたら人からこんな風に訊かれるのは初めてで、馴れ初《なそ》めを話したことなどなかった。

まさか契約結婚のことは言えないし、普通に出会って恋愛をして、その上で結婚したということにしなくてはならない。

「えっと、旅行の帰りの飛行機で、ちょっとしたトラブルがあって」

「トラブル？」

「機内で陣痛が始まっちゃった妊婦さんがいて、それで、私が助産師なので、対応に当たらせてもらって……」

そこまで話すと、美鈴さんは二重の目を大きく見開く。

「佑華さん、助産師さんなんだ！　えー、すごい。じゃあ、赤ちゃん取り上げてるんだ！」

美鈴さんは「あ、ごめん。それで？」と話の続きを促す。

「そのときの機長がちょうど七央さんで、それで、ご挨拶をして、それがきっかけで」

咄嗟に頭を働かせ、そんな出会いのきっかけを話す。そこは嘘ではないから、ありのままを話せば問題ない。

「やだ、七央の職権濫用《らんよう》ね」

「えっ、あ、いや、そんなことは……」

「確かにかっこいいもんねぇ、パイロットの制服姿って」

どこかしみじみとした調子で言う美鈴さんに、なぜだかどきっとしてしまう。

それは、七央さんだから特別かっこいいという意味だろうか……？

「なるほどねー。それはなんかインパクトのある出会いだ。そっかそっかぁ」

「あの、美鈴さんは、カメラマンをされてるって、七央さんからききました」

結婚についてこれ以上突っ込まれるとボロが出そうな気がして、話題を美鈴さん側に振ってみる。

美鈴さんは「うん、そうなの」とまた可愛い笑顔を見せ、肩からかけてあるプロ仕様の一眼レフカメラを私に見せた。

「つい最近までは韓国。その前はフランスのパリでしょ。更にその前はハワイにいたんだ。結構飛び回ってる」

世界中を飛び回るなんて、美鈴さんがパワフルだからできる仕事なのか。それとも、そういう生活を送っていてパワフルになったのか。

どちらにしても私には真似できない。本当にすごいと感心する。

「すごいお仕事ですね……なんか、かっこいい」

「そんなことないよ。そんな落ち着きない仕事じゃ、嫁に行き遅れるぞってよく七央に言われてたもん」

そう言った美鈴さんは、「現に行き遅れてるしね」なんて自虐する。

「そんなこと！」

「今年三十だしね。世間では結婚とか気にする歳でしょ？」

「いや、今どきはそんなことないって気もします。私も、自由気ままに独身でもいいやってずっと思ってきたほうなので」

本来の自分の素がつい出てきて、独身女子肯定派を主張する。

美鈴さんはその意見が嬉しかったのか、ぱっと表情を明るくさせた。

「えー！　佑華さんありがとう！　そう言ってもらえると救われる〜」

話していて表情がころころと変わる美鈴さんは、感情表現が豊かでとにかく明るい。人を惹きつける魅力がある人だなと、自分にはないものを感じて眩《まぶ》しく目に映る。

「あ、今から向かうって」

話していると、テーブルに置いてある美鈴さんのスマートフォンが短く鳴り、どうやら七央さんからのメッセージを受信したようだ。

なんとなく自分のスマートフォンをバッグから取り出すと、画面には七央さんからのメッセージが通知されていた。

短いひと言の【今から向かう】という文に、語尾に笑っている絵文字がひとつついている。

知り合ったばかりの頃は文字だけのメッセージしか送られてこなかったけど、最近はたまにこうして語尾にひとつだけ絵文字がついていたりする。

きっと絵文字なんか使うのは苦手なのに、こうして付けてくれているとふっと嬉しくてつい笑ってしまう。

「愛想のない返事だなー。絵文字もスタンプもなしだよ」

美鈴さんに知らせたのならわざわざ私にまでいいのになんて思っていたとき、向かいの美鈴さんのそんな独り言に耳が反応してしまう。

私にはつけてくれたニコニコマーク、美鈴さんにはなしっていうこと？

そんな子どもっぽいことを比較して変な優越感を感じてしまった自分に恥ずかしくなる。

〝お疲れ様です〟というスタンプだけ送り、かごバッグの中にスマートフォンを押し込んだ。

「佑華さん、お勤め先はどこなの？」

美鈴さんは革製のトートバッグの中から、テーブルの上に手帳を取り出す。

仕事関係の連絡でもきたのか、スマートフォンを見ながらメモを取り始めた。

「帝慶医科大学病院です」

「ああ！　知ってるよ。よくその辺り出かけるから」

テーブルの端に置いてあった美鈴さんのスマートフォンがカタカタと震えはじめ、慌てて手を伸ばした拍子に手元の手帳が床へと落ちてしまう。

手帳に挟まれているものが散らばり、私も椅子から屈んで一緒に拾うのを手伝おうとした。

え……？

手を伸ばして見えたものに、ハッとして動作が止まっていた。

落ちていた一枚の写真。

青空をバックに映るジェット機。そこに、制服の男子高校生がひとり写っている写真。

下から煽ったように撮影されたそれは、映画か何かのポスターにでもありそうな一枚だった。

これって、七央さん……だよね？

写真を凝視したまま固まっているところ、美鈴さんがさっとそれを手に取り手帳へと仕舞う。

「あの辺りさ、美味しいお店も多いしいいよね」

何事もなかったかのように話の続きをされて、その写真について訊くことは叶わなかった。

「あ、来た来た！」

それからしばらく雑談をしていると、美鈴さんが店内入口に向かって手を挙げた。

振り向いた先、仕事を終えた七央さんとお母様が一緒に店内に入ってくるのが見える。

「お疲れ様。あれ、繁明パパは？」

「最後だからいろいろ捕まってる。写真撮ったりとか」

「ああ、そっか、そうだよね。みんな記念撮影とかしたいよね」

やって来たふたりのために置いていたかごバッグを持ち席を空けると、お母様が私のそばへと近づく。

「佑華さん、今日はわざわざありがとうね」

「いえ！　こちらこそ、大切な日にお邪魔してしまい」

「お邪魔なんて、佑華さんはもう娘なんだから」

お母様と会うのは今日で二回目。

まだまだ緊張で顔が強張る。

「聖子ママ、何にする？　買ってくるよ」

「あら、いいわよ。一緒に行くわ」

席に荷物を置いたお母様は「何にしようかしら」とお財布を手にする。

美鈴さんは「じゃあ七央は？　買ってくるよ」と訊いた。

「アイスティーでいい？」

「ああ」

「オッケー」

昔馴染みで家族ぐるみの付き合いをしてきたといえ、ふたりのやり取りを見ているとまるで夫婦のよう。私なんかより美鈴さんのほうがよっぽど奥さんに見える。

そんなことを思うと、急に気分がずんと落ちてくる。

だけどそんなことではダメだと自分を鼓舞し、いい妻を演じようと笑顔を作る。

「お疲れ様でした」

美鈴さんとお母様が席を外し、ふたりになったところで七央さんに声をかける。

私の視線を受け止めた七央さんは、ふっと表情を緩め微笑を浮かべた。

「貴重な休日に悪かったな。知らせた時間で見られたか？」

「はい、バッチリ見ましたよ。ほぼ時間通りの到着でしたね」

「ああ、大きな遅れはなかったな」

「あの操縦席に、七央さんとお父様がいるんだって思いながら見てたら、なんか不思議な気分でした」

そんな率直な感想を口にすると、七央さんは「不思議って」とツッコミながらわずかに目尻を下げる。

そんなやり取りとしていると「お待たせ」と美鈴さんが戻ってきた。

「はい、アイスティー」

七央さんの前にドリンクが置かれると、アイスティーにガムシロップがないことに気付く。

「七央さん、これ。私の甘味ついてて使わなかったので」

そう言って余っていた自分の分のガムシロップを差し出すと、横から「え」と美鈴さんの声がした。

「七央、甘くしないよね？　と思って持ってこなかったんだけど」

美鈴さんは七央さんが甘くしないと知った上で、ガムシロップを持ってこなかったのだと知る。

そんな些細なことでもやっぱり美鈴さんのほうが七央さんのことを知っているのだと突き付けられて、ガムシロップを差し出した手を慌てて引っ込めかけた。

「ありがとう」

でも、その手に七央さんの手が触れる。

手の中に握ったガムシロップをもぎ取るようにして私から受け取ると、自分のアイスティーにそれを投入した。

「最近は甘くして飲むようになった」

「え、そうなの？　好み変わったの？」

七央さんと美鈴さんのやり取りを聞きながら、七央さんの気遣いに胸が締めつけられる。

救われた気持ちの反面、自分はここにいてもいいのだろうかという疑問に頭が占領されていく。

「繁明パパのラストフライト、どうだった？　やっぱり泣けた？」

「泣けたわよー。機長アナウンスでね、最後のフライトだって話してね。息子と共にラストフライトだって。七央に、自分が守っていた空の安全を引き継ぐって」

「えー！　私もやっぱり搭乗しに行けばよかったな」

飛び交う会話がほとんどまともに耳に入ってこない。

本当はたくさん聞きたいことがあるのに、会話に参加できないままただその場に空気のようにいることしかできなかった。

「じゃあ、私は聖子ママと繁明パパに会ってから帰るから」

カフェを出ると、店前で美鈴さんが私たちにそう告げる。

「お父様にお会いできなかったので、どうぞよろしくお伝えください」

お母様にそう言うと、にこりと笑って「ええ」と頷いた。

「わかったわ。ちゃんと伝えておくわね。佑華さん、また近々遊びに来てちょうだい」

「はい、ありがとうございます」

ぺこりと頭を下げて挨拶した背中に、そっと手が触れる。

顔を上げると私のとなりには七央さんがいて、「行くか」と見下ろされた。

「じゃ、また」

お母様と美鈴さんにそう言うと、七央さんは当たり前のように私の手を掴む。

えっ、と思ったときには指を絡めて繋がれていて、そのまま踵《きびす》を返して歩き出した。

考えてみたら、こうして手を繋いで歩いたことはこれまで一度もないこと。

別れたお母様と美鈴さんがこの姿を見ていると思うと、後方を振り返ることはできない。

七央さんは繋いだ手を離すことなく空港内を慣れた足取りで歩いていく。

いつも七央さんが出勤時に停めているらしい広い駐車場にたどり着くと、やっと繋いでいた手が放された。

開けてもらった助手席に乗り込みながら、落ち着きなく鼓動が高鳴っていることに今更気付く。

七央さんは運転席に乗り込むと、特に何も言うことなく車を発進させた。

「あの……七央さん」

空港を出て公道を走り出した車は徐々に加速していく。

続いていた沈黙を破った私に、七央さんは一瞬だけちらりと視線を寄越した。

「なんか、色々とすみません。気を使わせてしまって」

「気を使う？　なんのことだ」

「本当は、甘くしないんですよね？　アイスティー」

思い出してついくすっと笑ってしまう。

あのときからずっと、このことが頭を占領して離れない。

「あのとき、私が気まずくならないように配慮してくれたってわかったので」

「別に、そういうつもりじゃない」

冷めた口調で否定されても、自然と出た七央さんの優しさに触れたのは確かなこと。

小さく首を横に振る。

「やっぱり、優しいです。七央さんは」

再び落ちた沈黙の中、七央さんはため息に似た息をつく。

そして、否定するように「優しくなんかない」と、抑揚のない声が言った。

12、彼女の告白

病棟内に美味しい香りが漂ってくる正午前。

「じゃあ、お昼食べてシャワー浴びたらまた声掛けてください。焦らないで、ゆっくり食べてゆっくりシャワー浴びていいですからね」

母子同室になった退院間近の母親の病室から、すやすやと眠る新生児を預かっていく。

出産後の体のダメージに加え、睡眠も満足に取れない新生児との生活が始まった母親にとったら、ご飯をゆっくり食べ、ゆっくり入浴ができる時間は貴重な癒し。

赤ん坊を預かり『ゆっくり食事して』と声をかけると、ほとんどの母親はほっとしたような表情を見せるものだ。

退院後、いきなりのワンオペ育児を強いられる母親も少なくない。

だからせめて、入院中くらい体を休め、ひとりでゆっくり過ごせる時間を提供できたらと私は思っている。

「え？　申し訳ありません、もう一度よろしいですか？」

赤ん坊を抱いてナースステーションに戻っていくと、佳純が電話対応をしていた。

「キリュウ……えっと、うちにはそのようなスタッフは――」

耳に飛び込んできた名前に、思わずばっと佳純を振り返る。

ちょっと……今、聞き捨てならない名前が聞こえたのは気のせい⁉

「――はい、お名前いただければ……嘉門美鈴さま、ですね、はい――」

み、美鈴さん⁉

飛びつくようにして電話対応にあたる佳純に近づく。

ジェスチャーで電話を代わってもらうよう伝えると、「少々お待ちください」と受話器を耳から話した。

「どした？」

「あ、うん。私が代わる」

「え？　そうなの？」

なんだか事情がわかっていない佳純に抱いている赤ん坊を託し、電話口に代わって出る。

「お電話変わりました」

『……あれ？　佑華さん⁉』

やはり、電話を代わると通話の相手は間違いなく美鈴さんで、私の声を聞くといつもの明るい声が電話の向こうから聞こえてくる。

佳純が離れていったのを目視で確認し、口元を覆って「どうしたんですか?」と訊いた。

『いきなりごめんね。佑華さんの連絡先聞きそびれちゃったから、職場に連絡入れちゃったんだけど、迷惑かけちゃったよね』

「いえ、それは全然大丈夫です」

『今ね、用があって佑華さんの職場の近くまで来てるんだ。お昼休みとかこれから? ランチでもできたらと思って』

ちょうどこれからお昼休みに入るところというナイスタイミング。

すぐにかけ直すと美鈴さんの電話番号を聞き、ナースステーションからの通話を終わらせた。

八月ももうすぐ終わり。

残暑は相変わらず厳しいけれど、今日は少し気温も落ち着いている。加えて無風ではないから、外でも比較的過ごしやすい。

お財布とスマートフォンだけを持って病院中庭に出ていくと、木陰になっているベンチ席に美鈴さんがひとり座っていた。

膝の上で手帳らしきものを開き眺めている。

「美鈴さん！」

近づいた距離から声をかけると、美鈴さんは顔を上げ「あ、来た来た」とにっこり笑顔を見せた。

「わ、カッコイイ、白衣だ」

「ごめんなさい、せっかく誘ってもらったのに、たいして時間なくて」

「ううん、私が勝手に来たんだもん。本当に大丈夫だった？　職場に連絡しちゃうとか、迷惑だったよね」

「ちょっと事情があってって説明したので、それは大丈夫です」

でも〝桐生〟で私のことを呼び出されたのは正直焦った。

契約結婚したことは職場には知らせていないし、変わらず〝宇佐美〟で働いているからだ。

七央さんには旧姓のまま仕事は続けると知らせているけれど、美鈴さんにもそれは言ったほうがいいのかな……？

「適当に買ってきたので、お好きなのあればどうぞ」

「わー、嬉しい！　どれにしようかな……？」

着替えて病院外でランチをする時間が今日はなく、そう事情を話すと「じゃあ、病院内で何か食べられる？」と訊いてくれた。

入っている焼き立てパンのお店が美味しいと話すと、「パンいいね！」と一緒にパンを食べることで話がまとまった。

適当に買い求めていくから先に中庭で待っていてほしいと伝えて、急いでパンの売店に寄ってきた。

「じゃあ、このコロッケパンとチョココロネにする」

「はい。あ、そのコロッケパンは人気なんですよ。今日は買えたけど、無いことのほうが多くて」

「え、そうなの？　楽しみ！」

「ほくほくの甘いジャガイモで、コーンがごろごろ入ってて。食べごたえありますよ。じゃあ私は……メロンパンにしよう」

木陰だとより涼しくて過ごしやすい。

ふたり並んでパンを食べながら、他愛ない会話のキャッチボールが続く。

「佑華さんとふたりで話したいなって思ってたから、今日会ってもらえてよかった」

「私と、ふたりで？」

美鈴さんは「うん」と頷きにこりと微笑む。

「この間……これ、見ちゃったよね？」

膝の上にのせていた手帳から美鈴さんが出したのは、この間見てしまった写真。

写っているのは七央さんではないだろうかと思いながら訊けず、気になってモヤモヤしていた。

「ごめんなさい。見るつもりはなかったんですけど……」

そう素直に白状すると、美鈴さんは弱ったように「だよね」と笑みを浮かべた。

「あの、写ってるのって……」

「うん……七央だよ」

やっぱり……。そう答えが出ると言葉に詰まる。

その代わりのように胸が圧迫感に襲われて、メロンパンをちぎる手が止まっていた。

「これね、私が、今の仕事につくきっかけになった写真なんだ」

「え……きっかけ？」

「学生の頃ね、初めてコンテストで賞もらった作品。それが、この写真」

そう言って手元の写真に目を落とした美鈴さんの横顔が愛しさに溢れていて、深い想いに気付いてしまった気がした。

賞を取った記念の写真だからというだけではない。

持ち歩いているのは、きっと……。

「もしかして……美鈴さんは、七央さんのこと？」

意を決してそう口にすると、美鈴さんは私へと顔を向け真っすぐに視線を合わせた。

「これを見られることがなかったら、黙って自分の気持ちは葬ろうと思ってた。だけど……変に隠すみたいになるのは嫌だから、佑華さんにもちゃんと話そうと思って」

食べ終えたパンのごみを片付け終わると、美鈴さんは姿勢を正し、となりにかける私へと体を向ける。

改まった様子に、私の姿勢も自然と正された。

「私ね、ずっと七央のことが好きだったの」

はっきりきっぱりと、包み隠さずストレートに告げられて、思わず面食らってしまう。

「ううん……だった、じゃないな。今も好き」

七央さんへの想いを口にした美鈴さんは、目が合った私にいつも通りえくぼを作ってにこりと笑った。

七央さんの実家で初めて会ったときから、頭のどこかで美鈴さんの気持ちには勘付いていた。

だけど、その想いの大半は過去のものになっているのだろうと勝手に思っていた。

だって、七央さんは私と結婚してしまったから。

だけど、今でも七央さんのことを……？

「こんなこと、七央と結婚した佑華さんに言うことじゃないって思うんだけど、隠して佑華さんとこうやって話したりするのも、なんか自分的に気持ち悪くてさ。ごめんね」

きっと、これまで自分に正直に生きてきたのだろう。

あの写真を私に目撃されてしまい、自分の気持ちを隠して接することが罪に感じたのかもしれない。

美鈴さんからは、私を困らせてやろうだとか、そういった類の悪の感情は全く感じ取れない。

ただ純粋に、七央さんが好きというだけ。きっと、それだけなのだ。

「七央さんのことは……もう、ずっと昔から？」

聞いていいものかと思いながら、言葉を選ぶ。

となりの美鈴さんは真っすぐ前を向いたまま、その横顔にまた笑みを浮かべた。

「もう、いつからかなんてわからない」

そう言った美鈴さんは「って、長すぎる片思いもたちが悪いよね」自虐ネタのように言った。

「好きなことが当たり前になってて、普通で。だけどこの間、こんな麻痺しちゃった自分の気持ちにハッとしたんだ。七央が、結婚するって聞かされたとき」

美鈴さんの言葉にずきっと胸が鈍い痛みに包まれる。

盗み見るようにして目にした美鈴さんは、視線を地面の先のほうに落としていた。長く濃いまつ毛が伏せられている。

「心にぽっかり穴が空くとかよく言うじゃん？　本当にそんな感じになった。七央が、私の知らない人になっちゃうんだって思えて」

七央さんが結婚すると知ったとき、美鈴さんはどんな気持ちだったんだろう？

少し前、そんなことを他人事のように考えていた。

そんなこと、私が想像することもおこがましい。

生ぬるい風が私たちの間に吹いていく。

食べかけのメロンパンを手にしたままじっとしていると、となりからは深く息をつくのが聞こえてきた。

「でも、佑華さんにはこうやって言えるのに、七央には言えないんだよね。ずっと、言えないまま……ずっと、想ってる」

困ったように目尻を下げた美鈴さんが「ははっ」と自分を笑う。

「一緒にいるからわかると思うけど、七央ってさ、なんでも器用にこなしてる感じがするでしょ？　実際、最速で機長にもなったし」

確かに、なんでもそつなくこなして人生やってきたように見える。

「でもね、人一倍努力家で、負けず嫌いなの。なんでもそうだった。勉強も、運動も、陰でこそこそやるタイプね」

昔を懐かしむように、美鈴さんはひとり微笑む。

「そのくせ曲がったことは嫌いで真正面から向かっていくタイプでさ。あ、そうそう。小学生くらいのときかな？　七央の妹がね、いじめられたことがあって。そのときなんか、『よくも俺の妹いじめてくれたな』って、その相手のとこ乗り込んでって騒ぎになったこともあったな」

クスッと笑い「あーあ、懐かしい」と美鈴さんはひとり呟く。

その穏やかな横顔をじっと見つめ、私の胸は疼《うず》くような痛みを伴っていた。

「ああ見えて、結構ひとりで抱え込むところもあるみたい。七央、優しいから。だから佑華さん、これから七央のことよろしくね」

深すぎる想いに言葉が出てこなかった。

ただ鼓動の高鳴りを感じながら、美鈴さんをじっと見つめる。

七央さん、ここに、いるじゃん……？

七央さんのこと、ちゃんと見てくれてる、ずっと、心から想ってくれてる人が――。

「私ね、またしばらく海外に出るの。だから、もう終わりにしようと思ってるんだ。これ以上はダメ。佑華さんとも、これから仲良くしていきたいしさ、ちゃんと気持ちに区切りつけようって思ってるから――」

「その必要は、ないですよ」

込み上げる気持ちに突き動かされて言葉が出る。

こんなに真っすぐ、正面からぶつかってきてくれた美鈴さんに、隠すことなんて私には……。

「私たち、契約結婚なんです」

「え……？」

「七央さんに頼まれて、それで、契約交わして結婚しましたけど、本当は、籍だって入ってなくて……」

美鈴さんの視線を強く感じるけれど、顔を上げて目を合わせることができない。

足元に敷き詰められているタイルに目を落としたまま、言葉をまとめる。

「だから、私のことは気にしないでください。美鈴さんの気持ち、ちゃんと七央さんに伝えたほうがいいです」

メロンパンの口を閉じ、財布とスマートフォンが入るミニバッグに突っ込む。

ベンチを立ち上がって、やっと美鈴さんに目を向けた。

「七央さんのこと、こんなに想ってる人がいるって、七央さんにちゃんと知ってほしい」

「佑華さん……」

「ごめんなさい、そろそろ休憩終わるので、私行きます」

食べられなかった袋に入ったままのパンを美鈴さんに差し出す。

「これ、よかったら食べてください。どれも美味しいので」

そう言って、最後まで笑ってその場を立ち去った。

仕事に私情を持ち込んで気が緩むなんて言語道断。と、普段から思ってきた自分が、今後そんなことを思ったらいけないくらい美鈴さんと別れた後の仕事はぼんやりとしていた。

破水からの急なお産が入り、そこからはいつも通り気が引き締まったけれど、夕方仕事を終えると普段以上に疲れて頭がぼんやりとしていた。

この疲労感は精神的疲労が大きいことは自分でよくわかっている。

電車に揺られ、すっかり慣れた道を帰っていく。

仕事を上がり、夕飯のことを考えると食欲がないなと思っていたら、七央さんから夕飯は済ませてくるとメッセージが入っていた。

ちょうどよかったと思いながら、帰り道にあるパティスリーにふらっと立ち寄り、目に留まったイチゴのミルフィーユをひとつ買い求めた。

帰宅すると部屋の中は薄暗く、七央さんの姿はまだなかった。

電気もつけず荷物を置き、ふらっと夜の闇に包まれ始めた窓際まで歩いていく。

「あ……」

空をじっと見つめていると、ジェット機が一機現れた。

主翼の先に緑色のナビゲーションライトを点灯させて、視界を横切っていく。

『私ね、ずっと七央のことが好きだったの』

美鈴さんの告白が耳の奥ではっきりと再生される。

どこかで勘付いていたはずなのに、面と向かって言われる威力といったら凄まじかった。

それはきっと、七央さんとずっと昔から一緒にいた美鈴さんだからなのだろう。

美鈴さんの気持ちを聞いて、気付けばこれまで隠してきた自分のことを迷わずに話していた。

七央さんとは、契約結婚という関係であること。

美鈴さんには隠したままではいけないと、気持ちが突き動かされた。

「帰ってたのか」

窓に手をつき、広がる夜景にじっと見入っていたとき。

後方から七央さんの声がして、飛び上がるように肩を揺らして振り返った。

いつの間に帰宅したのか、ぼんやりしていたら全く気配を感じ取れなかった。

「おかえりなさい」

「どうした、電気もつけないで」

暗闇の中にいた私に、七央さんのほうも驚いたようだ。

照明を点け、こっちに近づいてくる。

ごくりと、自分の喉が鳴る音をダイレクトに聞いた。

「この光の下には、たくさん人がいて、夫婦も多くいて……私たちのような、契約結婚という関係の人も、中にはいるんでしょうか？」

横に立った七央さんからは、何も返事は返ってこない。

顔を上げて目にした七央さんは、ずっと遠くの夜景を見据えていた。

「今日……職場に美鈴さんが来ました」

そう告げるとさすがに驚いたのか、七央さんは私に目を向ける。

「美鈴が？」

「はい。一緒に、うちの売店の焼き立てパン食べました」

今日のなんてことない出来事を報告するような口調で言ってみても、七央さんの表情はなぜだか硬い。

まるで、今から私が真面目な話をしようとしていることを、すでに察知しているかのように。

言ってしまうの？

言ったら、もうこの関係は終わるかもしれないのに？

そう、心の中の自分が、口を開きかけた私に問いかけていた。

「私たちの契約結婚……そろそろ終わりにしませんか？」

切り出すと、思っていた以上に胸が締めつけられ、呼吸までもが圧迫される。

その場の空気までもがピンと張り詰めたような、そんな緊張感に包まれた。

「終わる？　どうして、急にそんなこと――」

「契約結婚なんてやめても、七央さんは十分幸せな結婚ができるってわかったから」

「どういう意味だ？」

真意を求めるような、七央さんの鋭い視線が突き刺さる。

「私なんかじゃなくて……ずっと、七央さんだけを見てきた美鈴さんがいるじゃないですか」

意識とは別で声が震えてくる。

ここまではっきり言えば、もう私がでしゃばる必要はない。

後は、当の本人たちの問題だ。

それ以上はもう言葉が出てこなくなって、逃げるようにその場を離れていく。

今日は逃げてばかり。

美鈴さんからも逃げるように立ち去ったし、七央さんからだってこうしてまともに顔も見られずに逃げてしまった。

足早に自室へと入ってドアを閉めたと同時、なぜだか一粒涙が頬を伝う。

なんで涙なんか出てくるのかわからないけれど、また一粒、もう一粒と頬を濡らしていった。

——Side Nao

まだまだ残暑が厳しい九月初旬。

仕事を終えて見たスマートフォンには、【五階の展望デッキのカフェにいる。外の席だよ】と美鈴からメッセージが入っていた。

既読だけつけてそのまま指定された場所へと向かう。

『私たちの契約結婚……そろそろ終わりにしませんか？』

ちょうど一週間前、突然切り出された佑華からの契約結婚終了の提案。

一体、何がどうなってそんな話になったのか。俺には何がなんだかさっぱりわからなかった。

その瞬間、そう言われてしまうあれこれが頭の中を駆け巡って行った。

何か約束を破ってしまったか。

それとも、あの誕生日の日に自制が利かず抱いてしまったことがやはりまずかったのか。

しかし、様々思い浮かんだことはどれも直接関係がなかった。

その日、佑華は美鈴とふたりで会ったという。

そのときに何を話したのかはわからないけれど、上手くいっていると思っていた今の生活を終わらせたいなどという考えに至る何かがあったに違いない。

一方的に終わりを口にして立ち去った佑華は、その晩はひとり早い時間から寝室で眠りについていた。

はじめの頃のようにベッドの端で小さくなって眠っていて、翌日は早朝から家を出て姿は見えなかった。

どこにいるのか連絡を入れると、妹のところにいるから心配しないでほしいと簡単な返信が返ってきた。

それから一週間、俺も国際線のフライトがあったり、佑華も夜勤のサイクルに入ったり、まともに顔を合わせられずにいる。

はじめは関係を維持していくために気を張っていた契約結婚という形も、お互い少しずつ気を許して生活できていると思っていた。

俺自身、最近は早く家に帰りたいと思うようになった。

それは、間違いなく佑華に会いたいという気持ちがあるから。

いつの間にか佑華がいる毎日が楽しくて、癒しで、かけがえのないものになっていることに、こんな風になってからようやく気が付いた。

「七央、こっちこっち！」

指定された展望デッキの野外カフェに向かうと、夕日の降り注ぐ滑走路を一番近くで見られる席を陣取り美鈴がひとり待っていた。

俺の姿を見つけるとにこりと笑い、手を挙げ大きく振って合図する。そんな仕草は昔から変わらない。

「お疲れ様。ごめんね、乗務後に呼びつけて」

「ああ、別に構わない」

相席に腰を下ろすと、美鈴は珍しく神妙な面持ちで俺の顔をじっと見つめてくる。

「で、話って」

「ああ、うん」

こっちを見ていた視線が宙を泳ぎ、滑走路を離陸に向けて加速し始めたジェット機に落ち着く。

黙って続きを待っている俺に視線を戻した美鈴は、気持ちを落ち着けるように深く息を吐きだした。

「一回しか言わないからね……私、七央のことが好き」

はっきりとそう言った美鈴は、逸らさず真っすぐ俺の顔を見つめる。

これは、幼なじみや家族のような存在としての〝好き〟という告白ではないと、その場に漂う空気で感じ取る。

迷うことなく用意できた返事を口にしようとしたとき、それよりも先に美鈴が口を開いた。

「――だったよ。ずっと、いつからかわからないくらい昔から、つい最近まで」

聞こえてきたのは、さっきとは打って変わって晴れやかな声だった。

もうひとりで解決して納得したような、そんな心情が声に現れている。

「だから、久しぶりに帰ってきて七央が結婚したなんて聞いて、ショックだったんだからね。これでも一応」

ほとんど氷だけになったカップにささる黒いストローで中身をかき混ぜながら、美鈴は「でも」と柔らかい笑みを浮かべた。

「自分の気持ちにちゃんと向き合えたのは、佑華さんのおかげ」

「え……?」

「なんか、自分の気持ち隠して佑華さんと付き合うのも気持ち悪いからさ、七央のこと好きだって言ったんだよね。奥さんにそんなこと言うの、有り得ないかもしれないんだけど」

美鈴らしいと言ったら美鈴らしい。

すっきり、はっきり、きっぱり。善悪関係なく昔からそういう性格だ。

「本当はね、七央にも伝えるつもりなんかなかったんだ。でも、佑華さんが、ちゃんと七央に伝えたほうがいいって言ってくれた」

そこまで話を聞いて、疑問に思っていたことがなんとなく解かれていく。

『私なんかじゃなくて……ずっと、七央さんだけを見てきた美鈴さんがいるじゃないですか』

佑華が突然自分たちの関係を終わらせようと話を持ち掛けてきたのは、美鈴の気持ちを知ったからだ。

だから、あんなことを……。

「おかげでほら！　こんなスッキリしちゃってるよ、私。佑華さんのおかげ。三十路になるまで幼なじみに片思いこじらせてさ、笑っちゃうよね」

「そんなことはないし、笑いもしない。お前の気持ちは、素直に嬉しかった」

物心ついた頃には、実の妹のように懐いていた美鈴。

甘えてくれ、頼ってくれ、昔も今も家族同然に大切な存在なことに変わりはない。

彼女の気持ちに応えられないのは、もしかしたら残酷なことなのかもしれない。

だけど、そんな俺に美鈴はにっこりと微笑む。

「七央は、やっぱり優しいね」

優しい――その言葉は喜ぶべき褒め言葉のはずなのに、俺を苦しめ追い詰める。

何気ない瞬間に佑華にも何度か口にされ、困り焦る自分がいた。

そう言って次第に気持ちが離れていくことを何度も経験している。

だから、佑華も――。

「でも、なんなの、契約結婚って」

「え……?」

「佑華さんに聞いたよ」

そんなことまで話したのか。

でも、特に口止めをしているわけでもない。

思わず言葉を失っていると、美鈴はいつもの調子を取り戻して「あのねぇ」と目を細めた。

「どうしてちゃんと籍入れて結婚しないの？」

「それは、お前には関係ないことだろ」

「関係はないかもしれないけど、『だから、私のことは気にしないでください』って、佑華さん私に言ったんだよ？　それって契約結婚だから、籍も入ってないし、自分との関係は書面ですぐに解消できるしって意味でしょ？」

一気にそう言った美鈴は、ひと呼吸置くように「ふう」と息をつく。

そして、何も言わない俺をじっと見据えた。

「なんか、あのときの佑華さん……寂しそうに見えたな、私には」

寂しそう？　契約結婚という関係が？

まさか、そんなはずはない。

「まぁ、別に七央の人生だし？　そういう選択をしたならそれでいいと思うけど、後悔するようなことがあっても私は知らないからね」

「後悔？」

「逆だって十分あり得るでしょ、佑華さんのこと好きな男が現れて、奪われちゃうとかさ」

　思いもよらない例え話を持ち出され、鼓動が嫌な音を立てて鳴り始める。

「私みたいに物わかりよく身を引くタイプじゃなかったらどうする？　グイグイきてさ、『今の男との契約結婚を解消して俺と一緒になってほしい』とかって。佑華さん可愛いし性格も美人だから有り得るー」

　美鈴の脅しに屈しまいと平静を装うが、鼓動はますます不穏な音を立てる。

　そんなこと、想像しただけでもむかっ腹が立つ。

　でも、佑華に近寄ってくる男は間違いなく少なくはない。

「契約でもなんでもいいし、籍入れることがすべてじゃないよ。だけど、気持ちだってちゃんと伝えてないんでしょ？」

　気持ち……？

　質問の意図がわからず「なんのことだ」と返すと、美鈴は目を見開きあからさまに驚いたような顔を作った。

「もしかして、気付いてないの？　自分の気持ち。佑華さんが好きだってこと。七央、佑華さんに恋してるんでしょ」

　くすぐったいフレーズを連発されて今度は口ごもった俺を、美鈴はすべて見透かし加速を始めたなんとも居心地が悪く誤魔化すように滑走路に視線を向けると、加速を始めたジェット機が機首を上げ、車輪が滑走路を離れていく離陸の瞬間が目に入った。

「とにかく、後悔だけはしないようにね。勇気一秒、後悔一生って言うでしょ」

氷の溶けた残りわずかな中身を吸い上げ飲み終えると、「よし」と勢いよく席を立ち上がる。

そして何かを思い出したように「あ、そうそう」とバッグの中に手を突っ込み分厚い手帳を取り出した。

「いいものあげる」

そう言って手帳から抜き取り差し出した、一枚の写真。

受け取り、美鈴を見上げる。

「これ……いつの間に」

そこに写っていたのは、佑華と俺のふたり。

この間、父親のラストフライトの後にカフェで落ち合ったときのものだった。

美鈴が注文に席を外した隙に撮ったのだと察する。

「いい顔してるでしょ？　七央、佑華さんといるときそんな柔らかい顔してるんだよ」

他愛ない話をしながら笑い合う。

そこには、佑華とのそんな瞬間が残されていた。

「私も、七央に劣らないいい男見つけるからさ、まぁ、お互い頑張ろうね」

座ったままの俺の肩を、美鈴は気合いを注入するようにトンと叩く。

そして、「じゃあね～」と軽快な足取りでひとり立ち去っていった。

わかってる。自分でも、心のどこかでは自覚している。

だけど、何かに囚われたまま動き出せない。

蜘蛛の巣に引っかかった昆虫は、そこから自力で逃げ出すことなんかできるのだろうか。

そのまま動く気力も奪われ、捕食されるのを待つだけになることが大半なのかもしれない。

ずっとまとわりついてきている、このしつこい蜘蛛の糸のようなものから逃れたい。

ジャケットのポケットからスマートフォンを取り出し、メッセージアプリを立ち上げる。

トークルームの上部にある生クリームがどっさりのったパンケーキのアイコンをタップし、言葉を選びながら文章を作っていった。

13、幸せが動き出すとき

後悔するなんて言葉の意味を、たいして知りもしない人生を送ってきていた。

七央さんと距離が開いてしまってから、それを酷く痛感し、何か大切な体の一部分を無くしてしまったような、そんな状態が続いている。

美鈴さんのストレートな告白を受けて、その想いは七央さんに伝えてほしいと素直に思った。

『今まで誰も……俺を本気で想ってくれた人間はいなかった』

初めてそばで眠ることにあったあの夜、七央さんが言ったその言葉が私は忘れられないでいたからだ。

美鈴さんの深い想いに触れ、それは七央さんが求めていたものだと思ったから。

そばでいつも七央さんを見続けてきた美鈴さんの、本気の想い。

私と交わした契約結婚なんかが邪魔してはいけないと思った。

でも、そんな想いとは裏腹に、一度出た涙は止まることを知らなかった。つぎつぎと作られ、ぼろぼろと流れ落ちる。

なんでこんなに泣いているのかと考えたとき、七央さんに想いを募らせている自分の存在をやっと認められた。

いつ始まった想いなのか明確にはわからない。

そばにいるうちに、一緒の時間を共有するうちに、彼のことをもっと知りたいと思っていたし、もっとそばにいられる存在になりたいと思うようになっていた。

契約結婚という約束の下に始まった関係だけど、いつの間にか気持ちが深く入っていたのだ。

だけど、自分の想いに気付いたときにはすでに手遅れで……。

美鈴さんの背中を押したことに後悔はもちろんない。

でも、同時に自分の想いは死んだも同然だと思うと、やりきれなかった。

あの日から、私は未だに契約解除していないもとの独り暮らしのマンションで過ごしていた。

妹のところにしばらく行くと知らせると、七央さんからは【わかった】と短い返事が届いただけだった。

逃げたって仕方ないのに、七央さんの顔を見ることがどうしてもできなくて、そうするしか手段がなかった。

悶々としながらなんとか日常をこなし、ふたりのマンションを出てから一週間が経った昨日、七央さんから連絡が入ってきた。

【会って伝えたいことがある。時間を作ってもらえないか？】

文面を見て、鼓動は早鐘を打った。

いよいよ契約終了の話し合いを持つ日が来てしまった。

美鈴さんとは、あの後上手くいったのだろうか……？

しなくていい心配までしながら、【わかりました】と日時と場所の約束を交わした。

ふたりの仕事の都合がちょうどタイミングよく合っていて、連絡を取り合った昨日の今日で会う約束ができた。

もう終わりを迎える関係なら、最後に気持ちは伝えよう。

そう心に決めて今日は家を出てきた。

最後くらい、お礼と一緒に好きになったことを口にしてもきっと罰は当たらない。

「あれ？　佑華さん！」

独り暮らしの住まいから一番近い最寄り駅に向かって歩いていたとき、駅前ロータリーに差し掛かったところで聞き覚えのある声に呼び止められた。

「やっぱり佑華さんだ！」

美鈴さん……？

駆け寄ってきたのは、あの病院の中庭で一緒にパンを食べたとき以来会っていなかった美鈴さん。

にこりと微笑まれて、返す笑顔が引きつる。

今このタイミングで会うとはまさか想定もしていない。

でも、今ここで会えてよかった。

今から七央さんに気持ちを伝えることは、美鈴さんにも知らせるべきこと。

黙って七央さんに会うわけにもいかない。

「あれ、仕事帰り？」

ここから私の職場である大学病院が近いことを知っている美鈴さんは、私が仕事を終えて帰るところだと思ったのだろう。

「あー……まぁ、そんなところです。美鈴さんは？」

「そうなんだ。お疲れ様。私はこの近くに友達が住んでて、それで」

そういえばこの間病院に押しかけてきたときも、この近くに用があってと言っていた。友達が住んでいるからだったのだ。

「あの、美鈴さん」

いざ切り出そうと思うと、どっどっ、と心臓が音を立てて主張し始める。

美鈴さんが小首を傾げるのを目にしながら意を決して口を開いた。

「私、今から七央さんに会う約束をしています。それで……自分の気持ちを伝えるつもりです」

宣戦布告みたいになってしまっているけれど、これでもう最後。

気持ちを伝えたら、七央さんと美鈴さんを引っ掻き回すことはしない。

「そっか。うん、頑張ってね」

美鈴さんはえくぼを作ってにっこりと微笑む。

目の前の笑顔に胸にチクリと針で刺したような痛みを感じたとき、その視界の端で意識を引きつけるものが目に飛び込んできた。

歩道の端に立ち止まり、突如アスファルトに座り込むひとりの女性。

周囲の人たちはちらりと視線を向けるも、彼女に声をかける様子はない。

「佑華さん、どうしたの？」

無言で美鈴さんを横切り座り込む女性に近づいていった私に、美鈴さんのきょとんとした声がかけられた。

「ん？」

「どうされましたか?」

背後から近づいていくと、女性は大きなお腹を抱える妊婦だった。

そのそばには、杏莉と同じ歳くらいの女の子が一緒にいる。

恐らく臨月だろう姿に腰を落として寄り添い近づくと、女性は真っ青な顔をして顔を上げた。

「は……破水、したかもしれなくて」

やっと絞り出したような助けを求める声に地面に目を落とすと、ロング丈のワンピースを着たその足元には、確かに破水し濡れたあとが見受けられた。

「今、痛みも強いですよね?」

動けないほどの痛みに襲われているのが著明で、頷くのが精一杯。

話しかけながらバッグからスマートフォンを取り出し、一一九へコールする。

「救急車呼びますからね。大丈夫、すぐ病院に向かいましょう。かかりつけ医は?」

出産間近の女性に付き添い、数分後に到着した救急車に女性の子どもと一緒に乗り込む。

美鈴さんには「私、付き添います」とだけ言い残してその場で別れた。

女性はとなりの山梨県から子どもを連れて電車で東京に出てきていた。

その先での破水、陣痛となり、山梨のかかりつけ医に搬送することは困難なため、近場の私の職場である大学病院で急遽お産の運びとなった。

ご主人に連絡を取り、事情を話してこちらに向かってもらうことになり、私はその間、女性の長女に付き添って父親の到着を待った。

急な出来事に遭遇し、自分のことを考えられたのはそれから二時間近くが経ってからだった。

女性の長女に付き添うことに話が落ち着いてから、七央さんとの約束の時間をその時点で三十分以上過ぎていることに気が付いた。

慌ててスマートフォンを取り出しメッセージアプリを開くと、【場所わかる？】と【迎えに行こうか？】というふたつのメッセージが入っていた。

動揺しながら事情を打ち、もう少ししたら向かえる旨を文にしていると、突然ぱっと画面が真っ暗になり、スマートフォンの電源が落ちてしまった。

まさかの充電切れに頭の中は真っ白。

そこからは早く向かわなくてはと気持ちばかりが焦るだけだった。

結局、病院を出られたのは七央さんとの約束の時間、午後六時から二時間近く過ぎた午後八時前。

本来なら美鈴さんと街角で会い、あのまま約束の場所に向かっていれば六時前には到着している計算だったのだ。

遅れると連絡もできないままこんなに時間を過ぎてしまって、もう呆れて帰ってしまっているに違いない。

そう思っても、とにかくその場所に向かうこと以外は何も考えられなかった。

焦燥感に駆り立てられ、約束の場所にただひたすら足を進める。

恵比寿の複合施設内にある時計広場は、待ち合わせらしき人の影がぽつぽつとまばらに見えた。

やっぱり、もういないよね……。

もっと落ち着いて、病院で少しでもスマートフォンの充電をして連絡を入れてから行動すればよかった。

慌てすぎて飛び出してきたはいいものの、結局無意味に動いてしまった結果がこれだ。

一度帰って、謝罪の連絡を入れようと諦めながら踵を返す。

医療従事者として、適切な対応をしたのだ。胸を張っていい。

約束は破ってしまったけれど、正直に謝ればきっとわかってもらえる。

肩を落として恵比寿駅に向かってとぼとぼと歩き始めたとき――。

「あっ……！」

突然、引き留められるように背後から腕を掴まれた。

「佑華」

振り向かせるように腕を引かれて体が反転すると、目の前に現れたスーツ姿に息が詰まった。

「七央、さん」

私を見下ろす七央さんは、確認でもするようにじっと私の顔を見つめる。

そしてホッとしたように小さく息をつき、「よかった」と呟いた。

「七央さん、どうして……もう、帰っちゃったかと……」

「破水した女性に付き添って、救急車に乗ったって聞いた」

「え……もしかして、美鈴さんから？」

小さく頷いた七央さんは口元に薄っすら笑みを浮かべる。

「帰るわけないだろ」

そう言って掴んだままの腕を引いて私を正面から抱きしめた。

背中と後頭部を包んだ大きな手に、鼓動の高鳴りは増していく。

「七央さん」「佑華」

同時にお互いを呼んでしまい、七央さんが私の耳元でクスッと笑う。

「佑華からどうぞ」

「いえ、七央さんからどうぞ」

密着したまま譲り合い、「じゃあ、先に言う」と七央さんが口を開いた。

「本当は、ゆっくり食事でもしながら話そうと思ってたけど……契約結婚を解消したいというのは、受け入れてもいい」

抱きしめた腕を緩め、体を離した七央さんと向き合っても、どうしても顔を上げられない。

別れのときが刻一刻と迫っていると実感すると、これまでのことが頭の中で順番に再生されていくようだった。

「でも、佑華。俺はお前が好きだ」

「っ……？」

「気付いたら、いつも考えてる。いつの間にか、気持ちを募らせてた」

思わぬ言葉に息を呑む。

見上げた七央さんは私を真っすぐ見下ろし、瞳の奥までを覗くようにじっと見つめてくる。

「だから、離したくない。これからもずっと、そばにいてほしい」

視界が潤みを増し、揺れる。

あっという間に目頭から溢れ出し、七央さんの親指が拭ってくれた。

「私……最後に、伝えようと思って、今日ここに来たんです。七央さんのことが、好きだって、それだけは伝えようと思って」

「何、最後って」

「だって……七央さんには、美鈴さんが――」

最後まで聞かず、七央さんの腕がまた私を抱きしめる。

それ以上は言わせないと言わんばかりに腕の力が強まって、「七央さん？」と呼びかけるので精一杯だった。

「あいつにも言われたよ。ちゃんと伝えないと後悔するって。ほんとお節介」

昼間、七央さんに会って気持ちを伝えると言ったとき、晴れやかな表情で「頑張ってね」と言っていた美鈴さんの顔を思い出す。

私の知らない間に、ふたりが何を話したのかはわからない。

でも、美鈴さんは七央さんが今日私に会って何を話すのか、もう知っていたのかもしれない。

髪に口づける七央さんが、擦り寄るように頬を寄せる。

「早く、ふたりきりになりたい」

急かすような甘い言葉を囁くと、腕を解いて肩を抱かれる。

七央さんは私を連れてすぐそばのラグジュアリーホテルへと向かい、そのままチェックインして部屋へと向かう。

すでにここに来ることは段取られていたようで、驚きを隠せないまま客室へと足を踏み入れた。

ヨーロピアンクラシックの豪華なスイートルームを堪能する間もほとんどなく、ふたりだけの空間が確保されると七央さんは私を背後から抱きすくめる。

下ろしたボブの髪の隙間からうなじに唇が押し当てられ、「あっ」と反射的にそれらしい声を上げてしまった。

「七央さん、待って」

「待てない」

即答した七央さんは私の顎《あご》を掴み振り向かせる。

吸い込まれそうな切れ長の目と視線が交わった次の瞬間には、深く唇が重なり合っていた。

「ふっ、んっ……」

舌を誘い出す巧みなキスで意識がふわりとしてきたところ、七央さんに抱き上げられる。

美しくベッドメイクされたシーツの上に寝かされると、履いたままのパンプスを片方ずつ脱がされた。

早急に私の上にまたがった七央さんは、きっちりと締めてあるネクタイの結び目を鷲掴《わしづか》みにして緩める。

そんな仕草を目の前にしただけで、鼓動は胸が痛くなるほど高鳴ってしまった。

待てないという言葉通り、七央さんの指先が、唇が、私を甘く攻め陶酔させていく。

素肌で抱き合うと七央さんの熱い体温に包み込まれて、それだけで体の芯がきゅんと震える。

「七央、さん……っ、もう、これ以上は――」

シーツを乱し、涙目で懇願する私の視界に、七央さんが正方形のパッケージを手にしたのがちらりと映る。

七央さんは優しい口づけで唇を塞ぐと、私の中へゆっくりと入ってきた。

「あっ、あぁ——」

しっとりと汗ばむ逞《たくま》しい背に両手を回す。

「佑華、佑華」

何度も囁かれる名前に応えるように回した腕に力を込め、押し寄せる快楽の波に身を委ねた。


胸を上下させて無防備にベッドに横たわる私へ、七央さんがダウンケットをかけてくれる。

何も身に着けず横たわっている恥ずかしさよりも、何度も昇りつめて果てた脱力感のほうが強く動けなくなっていた。

そんなまだ息の荒い私の横に寄り添った七央さんは、黙って持ってきたペットボトルのミネラルウォーターをキャップを開け差し出してくれる。

「ありがとうございます。優しいな」

なんとか両手でペットボトルを受け取り、上体を起こして喉を潤した。

「優しいと言われることに、ずっと苦しめられてきた」

「え？」

唐突に告げられた言葉に目を丸くしてしまう。

「もう、遠い昔の話だけどな。優しいけど、物足りない、つまらない。何度もそんなことを言われて苦い思いをした。だから、恋愛関係というものがわからなくなった」

以前、恋愛結婚をしようと思わなかったのかと聞いたとき、七央さんは話をしかけて誤魔化した。

一緒にいて、自然と気遣ってくれるところはやろうとしてではなく身についている優しさなんだと、時間を共有していて感じてきたところ。

思い返せば、優しいと何気なく言ったとき、七央さんは否定するような態度や言葉を返してきていた。

違和感を覚えてはいたけれど、そういうことだったのかと繋がる。

「だから、優しくないって言ってたんですか？」

横に寝そべる七央さんに目を向けると、どこか力なく笑みを見せた。

「父親が、『男は女を幸せにしなきゃならない』っていうタイプだったから、彼女のひとりも幸せにできない、俺はダメな奴なんだって思ってた。例え仕事で一人前になったとしても、そういうところが欠落してるって。だから、佑華にまで物足りないつまらない男だと思われたくないと思ったんだろうな、自然と」

「誰がなんと言おうと、私はそんなことは思いませんよ」

わかってほしくて、七央さんの首に両手を回して抱きつく。

温かな手が頭に触れ、私の髪を梳《す》くように指を通した。

「私は、七央さんといて幸せですよ」

「佑華……」

「優しいっていうことは、強いってことです。自分が苦《にが》い思いをした分、七央さんは人の気持ちに寄り添える人です」

髪を梳いていた手が、私の頭をそっと抱き寄せる。

自分へと押しつけるように七央さんの手に力がこもり、私からも抱きつく腕により力を込めた。

ぴったりと密着した七央さんの体温が心地いい。

「私も、七央さんと出会うまで、ありのままの自分をそのまま愛してくれる人なんて、きっといないんだなって思ってました。でも、七央さんはちゃんとそのままの私を受け止めてくれた。だから、七央さんだったらって、思うことができたんです。私は、優しい七央さんもどんな七央さんも好き。だから、もうそんなトラウマからは解放されてください」

自分の想いを伝えきると、七央さんはくすっと笑い「ありがとう」と受け入れてくれる。

私をそっと離し、優しい口づけを落とした。

「帰ったら、これからのことについて話し合おう」

「これからのこと……？」

小首を傾げると、七央さんは小さく頷く。

「今の契約結婚の内容を変更する？　それとも……」

ふたり同時に「契約終了？」と声がハモる。

顔を見合わせて笑うと、本当の幸せがやっと動き始めたのを感じていた。

Fin

特別書き下ろし番外編

制服の醍醐味

・

久しぶりに訪れた独り暮らしのワンルームマンション。

「お邪魔します」

「あ、はい。どうぞ」

だけど今日は、ひとりの帰宅じゃない。

鍵を開けドアを開くと、七央さんは遊びにきた友人のように部屋の中に入っていく。

この部屋に七央さんが来る光景がなんだか不思議で、狭い玄関に揃えて脱がれた大きなキャンバススニーカーについ見入ってしまった。

気持ちの伴わない契約結婚から始まった私たちの関係も、気付けば互いに想いを募らせ、先日晴れて本物の夫婦という形になった。

事実婚だった契約結婚の間には出す必要のなかった婚姻届を、ふたり揃って役所に提出してきたのだ。

私も、これで本当に宇佐美佑華から桐生佑華になったわけだけれど、まだまだ新しい桐生の姓には慣れないでいる。

名前を書く場面では、つい〝宇〟の字を書きそうになって、違う違うと心の中で正している。

今日は、契約結婚の期間は解約せず残していた独り暮らしのマンションの部屋を片付けに七央さんと共に訪れた。

実は元の部屋を解約していないと七央さんに告白すると、普段大抵のことに動じない七央さんが「えっ！」と珍しく大きな声を上げて驚いたのだ。

契約結婚に応じておきながら逃げ場を作っているようで、私もこのことは切り出しにくかった。

でも、正直に当時の気持ちを口にし、即契約解除はできなかったと白状した。

私の複雑だった気持ちを聞いた七央さんは、黙って私を抱きしめた。

『悩ませて悪かった』なんて言ってくれたけど、慌ててそんなことはないと否定した。

話を承諾したのは自分の意志だし、むしろ保険をかけているみたいに、こうしていざというときの場所を残していたことを謝った。

「いい部屋だな。なんか落ち着く」

先に中へ入った七央さんは、奥の部屋に入るとそんな感想を口にする。

「そうですか？　なんか、それは嬉しい感想ですね」

職場から近く、築年数も浅い比較的新しい物件。

セキュリティ面でも魅力を感じて契約し、快適な生活を送っていた。

決して広い部屋ではないけれど、自分の好きなように家具を配置し、好きなものに囲まれて暮らす自分だけの部屋は、仕事で疲れて帰ってきた私を癒してくれる唯一の場所だった。

「引き払うのは、やっぱりちょっと寂しかったりする？」

部屋の中をひと通りぐるりと見た七央さんは、私を振り返りそんなことを訊く。

思い出に耽《ふけ》っていたのがわかってしまったのかと、思わずふふっと笑みがこぼれた。

「そうですね……長いこと私の安息の地だったので、まぁ、寂しいかな」

部屋のあちこちに目をやりながら、この部屋での思い出を振り返る。

お楽しみのスイーツを買って来たときは、お茶を淹れてふたり用の小さなダイニングテーブルに並べ、必ず撮影をしてから食べていた。

映画鑑賞をするときに決まって両脚を伸ばし座っていた、デニム地ファブリックのふたり掛けソファー。

暖色チェック柄のカバーがかかるシングルのベッドは、毎晩寝る前のストレッチをするくつろぎの場所だった。

いざ引き払うとなると、この部屋で過ごした日常がどれも愛しく感じられる。

ついしんみりとしていると、いつの間にか背後に来ていた七央さんに包み込むように抱き寄せられた。

何も言わず、ただじっと抱きしめてくれる。

眼下にある回された腕にそっと手を添えた。

「片づけ、時間かかっちゃったら……ごめんなさい」

事前にそう謝ると、頭の上から「ん、付き合う」と七央さんの穏やかな声が聞こえた。

日常で使うものは今のマンションにすでに運んでいたから、片づけるのは収納スペースにしまってある物と、大きな家具類が主だった。

「あ、これは……」

クローゼットの上部、バッグなどを置く棚の端に、挿し込むようにしまってあった背表紙に手を伸ばす。

「うわ、若いな、私」

取り出したのは、看護学生時代に自作していたアルバム。

当時の友人たちとの学校内外での思い出が残されている。

「何、アルバム？」

片づけの手を止めアルバムを開き始めた私に気づいた七央さんが、私の手元を覗きにやってくる。

「はい。看護学生時代の写真を入れたやつなんですけど」

「佑華、昔はもう少し短いボブだったんだ？」

七央さんは写真の中の私と実物の私を見比べるようにして、ボブの毛先に触れてくる。

「あ、はい、そうなんです。昔は、いつも顎ラインで揃えていて」

ボブのスタイルはずっと変わらないけれど、学生時代は今よりもっと短い揃えたボブだった。髪を乾かすのが楽だった記憶がある。

「それでか。なんか雰囲気違う」

「そうですか？　それって単に若いからだと思います。だって、もう十年くらい前ですもん、これ」

「若いって」

七央さんはクスッと笑い、毛先に触れていた指で髪を梳いていく。

「まぁ、今よりあどけない感じはあるけど、そこまで変わってないな」

「そ、そうかな……」

「言うなら、大人の女性になったって感じだと思うけど」

手櫛で髪を梳《と》かれるだけでトクトクと鼓動が早くなっていくのを感じ、誤魔化すようにアルバムのページをめくる。

並ぶ写真を見ていくと、七央さんが「あれ？」と何かに反応した。

「これは、学校？」

「あ、はい。学祭のときの写真です」

七央さんが指をさしたのは、看護学生二年のときの学園祭での一枚。

クラスの仲の良かった友達と撮った白衣の写真だ。

「へぇ、学祭……」

何に注目したのかわからず七央さんの顔をちらりと視線を向けると、私が見たことに気づいた七央さんは「あ、いや」と前のページへとアルバムを見返す。

「白衣が違うなと思って」

「ああ、そうなんです。普段の実習ではパンツタイプの白衣なんですけど、このときは学祭用にワンピースの白衣着てたんです」

このときの学祭はバイタル測定体験の担当で、来校者の血圧測定などをやっていた記憶がある。

学祭では〝ナース〟らしくワンピースタイプの白衣を着用するのがうちの学校の伝統で、この日はみんなこぞって写真撮影をしていたことを覚えている。

「あ、確か、ここに……」

運び出すのに出しておいた衣装ケースの中を、思い立って漁り始める。

「あ、あった。やっぱり捨ててなかった」

奥のほうから引っ張り出したのは、その写真の中で来ていた白いワンピースタイプの白衣。

学祭や戴帽式《たいぼうしき》などのイベントごとで着用したワンピースタイプの白衣は、購入して一着だけ持っていた。

普段はスクラブスーツだったから、仕舞い込んだままほとんど袖を通すことはなかった。

だから、もうとっくに処分してしまったかと思っていた。

「ほら、これですよ」

白衣を広げ、自分の体の前に宛てがって七央さんに見せてみる。

七央さんは私の肩辺りから白衣の裾へと観察するような視線を下ろすと、目を合わせてなぜだか突然微笑を浮かべた。

「佑華、それ着てみてよ」

「……。えっ、これを、ですか？　今？」

「うん。見てみたい」

え、え……えぇぇぇー！

まさか七央さんがそんなことを言い出すとは思わず、あからさまに驚いてしまう。

でも、断る理由もこれといって見当たらず、こんな風にリクエストされてしまったら披露するしかない。

「わかり、ました……じゃあ、えっと」

「いいよ、向こう向いてるから」

七央さんはそう言って私に背を見せ、掃き出し窓のほうに体を向ける。

その様子を目に、ジーンズを履いたままファスナーを下ろした白衣を足元から通す。

背を向けたままの七央さんをちらりと横目で確認し、カーディガンとその下に着た半袖トップスを脱いで久しぶりのワンピース白衣に袖を通した。

前のファスナーを上げて、最後にデニムを脱ぐ。

「七央さん……着れました」

白衣は日常的に着慣れているけれど、妙に緊張している。

久しぶりに着た普段縁のないワンピースタイプの白衣だからか、こんな場所で着替えたからなのか、それとも、七央さんに頼まれたからなのか。

鼓動の高鳴りがどんどん増していく。

私の呼びかけに七央さんがゆっくり振り返る。

向けられた彼の視線に、ドキドキと大きな心音が全身を包んでいた。

「なんか……着慣れないからか、恥ずかしいですね」

どんな顔をして披露したらいいのかわからず、照れ隠しに「へへっ」と笑ってみせる。

黙って私を見ていた七央さんが距離を詰めてきて、私はどこを見たらいいのかわからず視線を泳がせた。

すぐ目の前までやってきた七央さんが、正面からそっと私を抱き寄せる。

「俺、自分にはそういう癖《へき》ないと思ってたんだけど……佑華だからかな」

七央さんは私の耳元に唇を寄せ「脱がしてもいい？」と囁く。

妖しく甘いお願いに高鳴る鼓動は更に大きく震え、全身の熱を一気に上昇させた。

ドッドッと音を立てて主張してくる心臓を抱え、七央さんの腕の中で小さく頷く。恥ずかしすぎて言葉で返事なんかできず、こう反応するので精一杯だった。

私の返事を受け取った七央さんが、頭上でクスッと笑った気配を感じる。

抱きしめられたまま近くにあるベッドまで連れていかれ、その上に組み敷かれた。

首元のボタンが外され、少し前に上げたばかりのファスナーがゆっくりと下ろされていく。

「なんか……いけないことしてる気分だな」

そんな風に言われると、こっちまで背徳感を感じてくる。

簡易的に着てみただけだから、ファスナーを下ろせばすぐにブラが露わになって恥ずかしい。

「白衣って思った以上に透けるんだな。知らなかった」

「え……あ、そう、ですね。生地が薄いわけではないけど、やっぱり白いから」

「なんか今更だけど、心配になってきた」

へ……？　なんの心配を？

「職場で、佑華がそういう目に狙われてないか」

眼光鋭く、七央さんは手元で摘んだ白衣の生地を見つめる。

急に思いもよらない心配を口にされて、慌てて「それは大丈夫です！」と否定した。

「仕事のときは、必ずインナー着てますし、下着も、極力薄い色をつけるように、今日みたいな濃い色の下着はつけないように気にしていますから」

今日はお休みというのもあって、最近購入したチョコレートブラウンの下着を身に着けていた。

インナー無しでこの程度の濃さの下着を着けて白衣を着たら完全にアウトだ。

七央さんは微笑を浮かべ、私の頬に大きな手を添える。

触れるだけのキスをし「じゃあ、大丈夫かな？」と耳元で囁いた。

低くしっとりとした七央さんの声にドキッとしたのもつかの間、耳珠《じじゅ》に唇が触れる。

それだけでぴくっと体が震えると、今度は首筋に唇が押し付けられた。

「っ、七央さん……あっ」

白衣の裾から手が入ってきて、太腿をまさぐるようにのぼっていく。

その手に気を取られる私に、七央さんはとろけるような口づけを落とした。

運ばれてきた大きなプレートの上には、チョコ生地の黒っぽいパンケーキが重ねられ、その横には生クリームの山がどんと聳《そび》える。

周囲には彩るようにいちごやブルーベリー、ラズベリーなどの実が飾られている豪華なパンケーキプレート。

取り分けの皿にパンケーキとクリームを載せ、ベリーも一緒に添えたものを向かいの七央さんに差し出す。

「ありがとう。俺のにはクリームそんなに載せなくていいよ。佑華が食べるといい」

「え、そうですか？　ありがとうございます！」

荷物の片づけが済むと、前々から行きたいと話していた人気パンケーキ店に七央さんが連れてきてくれた。

お目当ては、期間限定のショコラベリーパンケーキだ。

「佑華……さっきは、ごめん」

「へ？」

自分の分を取り分けていると、いきなり謝罪されてつい手を止め七央さんに視線を向ける。

私に見つめられた七央さんはどこかバツが悪そうに「いや……」と視線を泳がせた。

「片づけに行って、だいぶ脱線したっていうか」

改まって口に出して謝られるなんて思ってなかった私は、カッと顔を熱くしてしまう。

「っ……！」

「い、いえ、全然、気にしてませんから！」

誤魔化すようにパンケーキの取り分けを再開しながら言葉を返す。

動揺しすぎて一度に取るはずの生クリームの量が多すぎてしまった。

七央さんが白衣を見たいと言い出したのがきっかけだったけど、それに応じて『脱がしてもいい？』にドキドキした私だって同罪。七央さんだけのせいではない。

「あ、いただく前に写真を撮らせてもらいますね」

いつも写真を撮るわけではないけれど、このパンケーキは佑杏が食べたいと言っていたからあとで画像を送ってあげようと思っている。

数枚撮影をし、「どうぞ、食べて大丈夫です」と七央さんに合図した。

スマートフォンをしまう前に、何となくいつも眺めているＳＮＳを開く。

「あっ」

そこに出てきた最新の投稿に思わず声を上げると、七央さんが「どした？」とコーヒーのカップから口を離した。

「七央さんが載ってる！」

「え？」

「ほら、見てください！」

興奮して、見ている画面を七央さんへと向ける。

七央さんの仕事を少しでも知れたらと、七央さんの勤める航空会社『ＪＳＡＬ』をフォローし、いつも投稿を覗いている。

様々な投稿がされる中で、パイロットやＣＡをはじめとする社員を仕事と共に紹介する投稿が楽しみになっていた。

いつか七央さんも載るのかなと日々チェックしてきて、今日初めて画面の中に七央さんが現れたのだ。

機内、操縦席で撮影された制服姿の七央さんに釘付けにさせられる。

画像の下には〝今回は最年少機長、桐生七央機長の元へお邪魔しました〟と投稿されていて、何度もその文章を読み返してしまう。

すると、正面から「佑華」と七央さんの声が私を呼んだ。

「いつの間にそんなのをチェックしてたんだ？　聞いてないぞ」

切れ長の目がじっと私を睨んでいて、ぎくりとしてスマホの画面をオフにする。

「えっと……少し前からです」

へらっと笑ってそう答えると、七央さんはナイフとフォークを手に取りながら小さく息をついた。

「七央さんの仕事のこと、少しでも知れたらなって思って……ダメですか？」

「別に、ダメじゃないけど」

「やった！」

許可を得たところで、もう一度画面に目を落とす。

七央さんの仕事に関しては、正直私は知らないことだらけ。

この画面の中に映る制服姿だって、七央さんと出会った沖縄旅行のときに一度だけ見たきりで、その後は目にしていない。

だから、この画面の向こうの七央さんは私には貴重な姿だ。

「七央さんのパイロットの姿、久しぶりに見ました」

「そうだっけ？」

「そうですよ。初めて会ったとき以来、見てないですもん」

そう主張すると、七央さんは「ふ〜ん」と考えるように視線を上に向ける。

「この間はあの食事会のときに来ていた森川さんが出てましたよね。七央さんがいつ載るのか楽しみにしてたんですよ」

「そこで見なくても目の前に本物がいるだろ」

「そうですけど、お仕事姿は特別ですから！　パイロットの制服って無条件にカッコいいし」

力強くそう返した私に、七央さんはなぜだか意味深にふっと笑みを浮かべる。

「ああ、さっきの白衣の佑華みたいなものか。確かに特別感があったな」

どこか意地悪な口調でそんな風に言われ、先ほどの甘い時間が鮮明に蘇る。

「も、もう、それは言わないでください」

あからさまに動揺を露わにした私をクスッと笑い、七央さんは「食べないのか？」とパンケーキを口に運んだ。

＊＊＊

正午過ぎ。

従業員専用の食堂に顔を出すと、昼どきというのもあって座席は八割埋まり、賑わいをみせていた。

「あ、桐生さん！」

出社し、顔を出した事務所で『森川が食堂にいると言ってましたよ』と伝言を受け、コーヒーブレイクのついでに探してみようと思っていた。

コーヒー片手に食堂に入っていくと、森川が向こうから俺を見つけて「こっちこっち」と呼び寄せる。

今日はこれから、森川と鹿児島行の乗務を共にする。

「お疲れ」

「お疲れ様です。桐生さん、これ見ました？　いいねの数半端ないですよ！」

森川が食事のトレー横に置いていたスマートフォンを俺に向かって見せてくる。

そこには、あろうことか数日前に佑華が見ていたうちの会社の公式ＳＮＳの画面が。

「お前まで……」

「え？　いや、桐生さん載った投稿、これバズってますよ！　さすがうちの史上最年少イケメン機長！」

「森川」

ひとり盛り上がって声のボリュームを上げる森川に、ぎろりと睨みを利《き》かせる。

森川は俺のあからさまに不機嫌そうな表情を目にし、一瞬〝まずい〟という表情を覗かせた。

「いや、だって見てくださいよこれ。千単位超えて万とかついてますよ。拡散されまくりだし」

「どうでもいいから」

それでも興奮冷めやらぬ様子の森川に、呆れて深いため息をついてみせる。

湯気の立つコーヒーのカップを森川の横の空いている席に置き、椅子に腰を落ち着けた。

「桐生さん、ほんと興味ないんですから。つまんないよなー」

「つまんなくて結構」

「でも、うちの会社の広告にはもってこいじゃないですか。こんなにバズったら」

高校三年のときに街中で芸能事務所にスカウトされて、アパレルブランドや雑誌のモデルを数年やったことがあった。

パイロットを目指し私大の航空科に進学すると学業が多忙となり、結局モデルの仕事は辞めることになったけれど、後腐れは全くなかった。

むしろ、自分には向かない世界だったと振り返ってみて思うほど。

人前に出たり、自分を露出したりすることがあまり好きではないのだと、その世界に身を置いてみて実感した。

だから、今回SNSへの投稿依頼が広報からきたとき、内心気は進まなかった。

しかし、拒否することも大人げないと思い、仕事の一環として快く承諾したのだ。

でも、やっぱり断っておけばよかったかもしれないなんて、目の前の森川の様子を見ていると思ってきてしまう。騒ぎすぎだ。

「昨日、俺、丸の内OLと合コンだったんすけど、パイロットって言うと、やっぱり制服が素敵だって口揃えて言いますもんね。それだけで普通の仕事よりポイント稼ぐのに、桐生さんみたいに男前だとそりゃバズりますって」

そんな話を聞きながら、頭の中にはこの間の佑華との時間が思い出される。

『お仕事姿は特別ですから！　パイロットの制服って無条件にカッコいいし』

そういえば佑華もあのときそんなことを口にしていた。

特別、か……。

相変わらず声を弾ませている森川の話をなんとなく聞きながら、ふと、ワンピースの白衣を披露してくれた佑華のどこか照れくさそうな姿が脳裏に蘇った。

午後九時過ぎ。

今日は午後二時過ぎの羽田発鹿児島行きに乗務し、その後現地泊無しで再び羽田に向かう便のフライトをした。

即日帰宅できる勤務の日は車で出勤をしていることも多く、退社後社員専用駐車場から出庫する。

この格好でいつも握るのは操縦桿で、車のハンドルを握っているのはなんだか変な気分だ。

助手席のシートに置いたスマートフォンが画面を点灯させる。

信号で停車した隙に通知を確認すると、今から帰ると知らせた佑華から【お疲れ様でした。待ってます】と返事が入ってきていた。

佑華のほうも今日は日勤で、夕方仕事から帰宅している。

寄り道することなく直帰し、インターフォンで帰宅を知らせることなく部屋へと入っていく。

リビングに入ると、ひとりテレビを観ていた佑華が大きな目を見開いてソファーを立ち上がった。

「七央さん、それ……」

テレビの電源を落とし、パタパタとスリッパを鳴らして駆けてくる。

すぐ目の前までくると、上から下へと俺の姿を食い入るようにじっと見つめた。

「この間の、お返し？」

「え、うそ、お返しなんて！　七央さんのは、私の白衣なんかと違って神聖というか」

「神聖って……俺からしたら白衣のほうが神聖だけど」

「いやいや！　白衣はチップとか入ってないですし！」

以前何かの話題で、航空会社の制服には転売防止のためにチップが入っているなんてことを話したことがあった。

それを覚えていたのか、佑華はそんなことを言って未だ驚いた表情で激しく瞬きを繰り返している。

黙って両手を広げてみると、佑華は口元を両手で覆い大きな目でじっと俺の顔を見つめた。

「え……どうしよう、いいんですか？」

何をそんなに緊張しているのかと、佑華の様子を見ているとついクスッと笑いが込み上げてきてしまう。

頷き、「おいで」と言うと、飛び込むようにして腕の中に佑華が抱きついた。

ぎゅっとくっついてきたその姿がたまらなく愛おしい。

胸元から俺を見上げた佑華は、顔を赤らめて何か言いたげにじっと見つめてくる。

その表情にこっちが我慢の限界で、両手で頬を包み込み深く口づけた。

「っ、七央、さん……」

濡れた唇から紡がれる自分の名前に、ぞくっと快感が体内を駆け巡る。

潤んだ瞳に微笑みかけ、華奢な体を横抱きで持ち上げた。

「七央さんっ？」

「煽りすぎ。せっかく脱がせてみる？って訊こうと思ったのに、もう無理」

「え、煽ってなんか！　それに、ぬ、脱がせるなんて……！」

耳まで真っ赤にした佑華を運びながら、いつまでもこんな幸せな時間が続くことを密かに願ってしまう。

「佑華……愛してる」

「七央さん……私も、愛し——」

愛の囁きごと受け止めるように、甘く溺れるようなキスを落とした。

Happy End

あとがき

皆様こんにちは、未華空央です。ベリーズ文庫七冊目となります本作をお手に取っていただき、ありがとうございます。

前作のベリーズ文庫『身ごもったら、エリート外科医の溺愛が始まりました』を読んでくださった皆様はこの作品の冒頭からすでに「あっ」という気づきがあったかと思うのですが、本作のヒロインは前作ヒロイン佑杏の姉、佑華でした。

前作執筆開始後は、全く次に姉の話も書こうとは考えておらずでした。ですが、サイト連載中から佑華の評価が非常によく（笑）、読者の皆様が〝お姉ちゃんにもぜひ幸せになってほしい！〟との声を多くくださったのです。私自身も書いているうちに読者様と同じ気持ちが芽生えていたことは確かで、これは次作は佑華をヒロインにした話を書かないと！と、前作完結後にはそう思っていました。

読者様からリアルタイムで読んだ感想をいただけるのは、やはりウェブ小説のいいところだなといつも思います。今作だって、読者様の多くの声があって執筆が現実になったわけですから、読者様には本当に感謝しかありません。

宇佐美姉妹がベリーズ文庫として刊行されたことは未華にとって本当に嬉しいことで、タイトルも担当さんの粋な計らいで〝溺愛が始まりました〟とお揃いになり、カバーイラストも欧坂ハル先生に連続して手掛けていただきました。前作もお持ちの方は、ぜひ二冊並べて宇佐美姉妹を眺めてみてくださいね♪

今作も多くの方のお力添えがあり、刊行していただくことができました。

ベリーズ文庫編集部の皆様をはじめ、いつも寄り添いお力を貸してくださる担当の篠原様。作品をよりよくするためにご協力いただきましたライターの森岡様。そして、本作も美麗なカバーイラストを描いてくださいました欧坂ハル先生。本作に携わってくださいました全ての皆様に感謝申し上げます。

そして、サイトやツイッター、編集部様へのお手紙等で応援くださる皆様。いつも本当に力をいただいております。

次回作もまた構想中ですので、お届けできますよう頑張りたいと思います。

またお会いできます日を楽しみに……☆

未華空央《みはなそらお》

未華空央先生への
ファンレターのあて先

〒104-0031
東京都中央区京橋1-3-1
八重洲口大栄ビル7F
スターツ出版株式会社　書籍編集部　気付

未華空央先生

本書へのご意見をお聞かせください

お買い上げいただき、ありがとうございます。
今後の編集の参考にさせていただきますので、
アンケートにお答えいただければ幸いです。

下記URLまたはQRコードから
アンケートページへお入りください。
https://www.berrys-cafe.jp/static/etc/bb

契約結婚ですが、極上パイロットの
溺愛が始まりました

2021年4月10日　初版第1刷発行

著　者　未華空央

発行人　菊地修一
デザイン　カバー　ナルティス
フォーマット　hive & co.,ltd.
校　正　株式会社鷗来堂
編集協力　森岡悠翔
編　集　篠原恵里奈
発行所　スターツ出版株式会社
〒104-0031
東京都中央区京橋1-3-1　八重洲口大栄ビル7F
TEL　出版マーケティンググループ　03-6202-0386
(ご注文等に関するお問い合わせ)
URL　https://starts-pub.jp/
印刷所　大日本印刷株式会社

Printed in Japan

ISBN 978-4-8137-1074-5　C0193

ベリーズ文庫 2021年4月発売

『令和最愛授かり婚【元号旦那様シリーズ令和編】』　水守恵蓮《みずもりえれん》・著

仕事一筋で恋愛はご無沙汰だった珠希はある日、まさかの妊娠が発覚する。相手はIT界の寵児といわれる俺様CEO・黒須。彼の開発したAIで相性抜群と診断され、一夜限りの関係を持ったのだ。「俺の子供を産んでくれ」と契約結婚を提案されるが、次第に黒須の独占欲と過剰な庇護欲が露わになって…!?
ISBN 978-4-8137-1070-7／定価：本体670円＋税

『天才外科医は新妻に激しい独占欲を放ちたい』　佐倉伊織《さくらいおり》・著

看護婦の季帆は、ミスを被せられ病院をクビに。すると幼馴染で、エリート脳外科医の陽貴からまさかの求婚宣言をされてしまい…!?　身体を重ね、夫婦の契りを交わしたふたり。同じ病院で働くことになるが、旦那様であることは周囲に秘密。それなのに、ところ構わず独占欲を刻まれ季帆はタジタジで…。
ISBN 978-4-8137-1071-4／定価：本体670円＋税

『冷徹旦那様との懐妊事情～御曹司は最愛妻への情欲を我慢できない～』　吉澤紗矢《よしざわさや》・著

エリート御曹司・和泉にプロポーズされ、幸せな日々を過ごしていた元令嬢の奈月。ある日、和泉と従姉との縁談が進んでいると知り、別れを告げると彼は豹変！　奈月につらくあたるようになる。しかし、和泉が妻に指名してきたのは奈月で…!?　そんな矢先、奈月の妊娠が発覚して…。
ISBN 978-4-8137-1072-1／定価：本体650円＋税

『捨てられたはずが、赤ちゃんごと極上御曹司の愛妻になりました』　宇佐木《うさぎ》・著

シングルマザーとして息子を育てる真希の前に、ある日総合商社の御曹司・拓馬が現れる。2年前、真希は拓馬の子を身ごもったが、彼に婚約者がいると知り一人で産み育てることを決意。拓馬の前から姿を消したのだった。「やっと見つけた。もう二度と離さない」。その日以来、拓馬の溺愛攻勢が始まって…!?

ISBN978-4-8137-1073-8／定価：本体650円＋税

『契約結婚ですが、極上パイロットの溺愛が始まりました』　未華空央《みはなそらお》・著

病院勤務の佑華は、偶然が重なって出会った若きエリートパイロット・桐生と契約結婚することに…!? "恋愛に発展しなければ離婚"という期限付きの夫婦生活が始まる。「お前が欲しい」――愛なき結婚だったはずなのに、熱を孕んだ目で迫ってくる桐生。思考を完全に奪われた佑華は、自分を制御できなくて…。
ISBN 978-4-8137-1074-5／定価：本体660円＋税

ベリーズ文庫 2021年4月発売

『攻略結婚から始まる蜜愛夫婦〜俺様御曹司は許嫁への一途な愛を惜しまない〜』 田崎《たさき》くるみ・著

恋人に騙されて傷心していた凛々子は、俺様で苦手だった許婚・零士に優しく慰められて身体を重ねてしまう。そのまま結婚生活が始まるが、長く避けていた零士からの溢れる愛に戸惑うばかり…。新婚旅行中、独占欲全開の零士に再び激しく抱かれ心が揺れる凛々子。止まらぬ溺愛猛攻によって陥落寸前で…!?

ISBN 978-4-8137-1075-2／定価：本体650円＋税

『カタブツ竜王の過保護な求婚』 もり・著

大国の姫だけど地味で虐げられてきたレイナ。ひっそり平穏に暮らすことが希望だったのに、大陸一強い『獣人国』の王子カインに嫁ぐことに！　獣人の王・竜人であるカインはクールで一見何を考えているか分からないけれど、実は誰よりも独占欲が強いようで…!?　虐げられ姫の愛されライフが、今、始まる！

ISBN 978-4-8137-1076-9／定価：本体650円＋税

ベリーズ文庫 2021年5月発売予定

Now Printing

『どうしても、恋だと知りたくない。』 あさぎ千夜春《ちよはる》・著

リゾート会社に勤める真面目OL・早穂子は、副社長の始にとある秘密を知られてしまう。このままではクビと腹をくくるも、始から「君と寝てみたい」とまさかの言葉を告げられて…。その夜、本能のままに身体を重ねてしまった2人。これは恋ではないはずなのに、早穂子は次第に心まで始に溺れていき…。

ISBN 978-4-8137-1084-4／予価600円＋税

Now Printing

『目覚めたら、意地悪御曹司の嫁になっていました』 滝井《たきい》みらん・著

ある日目覚めると、紗和は病院のベッドにいた。傍らには大手企業の御曹司・神崎総司の姿が。紗和は交通事故で記憶を失っていたが、実は総司と結婚していて彼の子を身ごもっているという。意地悪な総司のことが苦手だったはずだが、目の前の彼は一途に尽くしてくれ溺愛攻勢は留まるところをしらず…!?

ISBN978-4-8137-1085-1／予価600円＋税

Now Printing

『タイトル未定』 西《にし》ナナヲ・著

仕事はできるが恋に不器用な穂香は、人には言えない秘密があった。そんな中、同じ部署に異動してきた駿一と出会う。穂香の秘密を知った彼は、なぜか穂香への独占欲に火がついてしまったようで…!? 「俺が奪い取る」――獣のように豹変した駿一に熱く組み敷かれ、抗うこともできず身体を重ねてしまい…。

ISBN 978-4-8137-1086-8／予価600円＋税

Now Printing

『結婚を前提に妊娠してくれませんか?～敏腕外科医の懐妊戦略～』 伊月《いづき》ジュイ・著

出版社に勤める杏は、大病院に勤める敏腕外科医の西園寺を取材することに。初対面から距離の近い西園寺に甘い言葉で口説かれ、思わず鼓動が高鳴ってしまう。後日、杏が親からお見合い結婚を勧められ困っていると知った西園寺は、「今夜妊娠したら俺と結婚しよう」と熱い眼差しで迫ってきて…!?

ISBN 978-4-8137-1087-5／予価600円＋税

Now Printing

『あまあま副社長はすれ違い婚に悩んでいる』 晴日青《はるひあお》・著

恋愛不器用女子の紗枝は、お見合い結婚した夫・和孝との関係に悩んでいた。緊張のため"控えめな妻"を演じてしまう紗枝に、他人行儀な態度をとる和孝。縮まらない距離に切なさを覚えるけれど…。「俺はずっと我慢してたんだよ」――熱を孕んだ視線で見つめられ、彼の激しい独占欲を知ることになり…!?

ISBN 978-4-8137-1088-2／予価600円＋税

タイトル、価格等は変更になることがございますのでご了承ください。